岩野賢 恵子・アルガイヤー著

これでもか

国際交流!!

島根川本町

〝江川太鼓〟が行くドイツの旅

明窓出版

はじめに

私の住んでいる島根県川本町は人口四千人足らずの小さな山間地の町です。四方を山に囲まれ、緑にあふれ、町の中央を日本で八番目に大きな川、江川（ごうがわ）別名、中国太郎が悠々と流れている町です。しかし、その太郎君も時としてやんちゃ坊主に変身します。

昭和四十七年七月十一日。

「もう避難したほうがいい」

「水位が夜中に上がるかも知れない」

自衛隊員のアドバイスで私たち家族は自宅の二階へ迎えに来てくれた自衛隊員のボートで水没しかけている家から脱出しました。二階まであと三十センチの所まで水が来ていました。

この日、折りから降り続いている雨で町の中心を流れる江川は一夜にして川本町を飲み込んでしまいました。数日たち、水位が下がるとそこには瓦礫と化した町並が現れ、町民はなにから手を付けていいのか判らず、ただ呆然と変わり果てた我が家を見つめるだけでした。

そんな中、打ちひしがれている町民をなんとか元気づけようと町の商工会青年部が中心となり作り上げたのが「江川太鼓（ごうがわだいこ）」でした。彼らの演奏は豪快でかつ、勇壮。町民を元気づけるにあまりあるものとなり、それ以来町民に愛され、夏祭りや秋祭りには欠かせないものとなり、川本町の代表的郷土芸能に発展しました。

私は当時小学六年生。太鼓を聞きながら夏の花火を見、太鼓を見ながら、秋のお祭りを楽しんだ子供でした。

水害の翌年には少年江川太鼓の募集があり、私は友人と入会し、週末はいつも太鼓のばちを握っていました。大学卒業と同時に家業を継ぐため帰郷し、すぐまた太鼓のばちを握っていました。それ以来、二十年近く江川太鼓を叩いています。なぜって、そこに太鼓があるから。そして、叩いていると楽しいのです。まして、その私の叩く姿を見て、楽しんでくれる人がいるからでしょう。気がつくと、私はどっぷりと太鼓に漬かった生活をしていました。仕事でハンマーを持つとリズム打ちをするし、ご飯の時に箸を持つと曲打ちをするし、車に乗って聞くテープは太鼓の曲です。友人が同乗すると、びっくりしていました。そんなことを繰り返ししていました。思い通りに叩けるようになると向上心が芽生えます。

そんなある夏の日です。「大太鼓教室参加者募集」。太鼓のプロ集団「鼓童」の太鼓奏者、藤本吉利さんの教室の募集です。私はすぐさま応募し、教室に参加しました。平成五年八月のことです。教室に参加すると、そこには私以上に太鼓に取り付かれた人が三十五人もいました。心も体も熱い一週間でした。教室に参加した人たちは、私と同じように各地の太鼓グループに所属して活躍しています。太鼓教室の終了式後には、この太鼓教室の参加者による別グループができあがりました。「これでもか！　和知連」の誕生です。何かのチャンスがあればまた集まって一緒に叩こう、と言うものでした。これから始まる私の旅はこの太鼓教室のグループの情報交換である、和知連通信から始まりました。

その和知連通信の一月号にインターネットの掲示板に載った情報として、「どなたかドイツで太鼓を叩いていただけませんか？　行けるグループは助けてあげてください」とありました。私は、外国で太鼓を叩いてみたくて、すぐにこの情報に飛びつきました。

　江川太鼓でドイツに行って太鼓を叩いてみたい衝動にかられて国際電話をかけていました。ちなみにこのときの和知連通信の発行責任者は京都で活躍していた和太鼓グループ、「和っ鼓」のメンバー、小泉　直美さんで、後々、江川太鼓と一緒にドイツ公演に行ったグループです。小泉さんはその通信の中で「……三つの独日協会がお膳立てしてくれているのに、今になってキャンセルなんていけませんよね。大変お困りのようなので、行ける方がおられたら連絡してあげてください」と書いていました。そういう彼女と彼女のグループが「行ける方」になろうとは思ってもみなかったでしょう。

目次

さあ、旅のはじまり、はじまり！

〝江川太鼓〟は結成以来、町民の皆様や各方面の方々に支えられ、年間二十数回から三十回くらいの出演依頼をこなしてきました。その中でも、三年連続のドイツ文化国際交流公演は忘れられない公演になりました。

人は、ほんの数行の電子メール・メッセージで、三年連続ドイツへ、太鼓をかついでボランティアの公演に行くなんて事ができるものでしょうか？

この本の中にその答があります。そしてそれは太鼓を叩くことのみならず、それを取りまくすべてのもの、あるいは太鼓とは無縁の事柄にも相通じるものがあると思います。

それでは、しばし〝江川太鼓〟〝和《わ》っ鼓《こ》〟のメンバーとともに、ドイツへの旅へと出かけましょう！

恵子さん（左）と 江川太鼓・和っ鼓メンバー

『これでもか　和知連《わちれん》』

平成十年の一月のある日、毎月送られてくる一通の手紙が届きました。私はこの手紙をとても楽しみにしている一人で、その手紙とは、平成五年に私が参加した太鼓教室のグループ内通信です。その太鼓教室に参加したメンバーは三十五人、いずれも太鼓の大好きな人たちでした。講師は〝鼓童《こどう》〟に所属する藤本吉利さん。日本を代表する大太鼓打ちの名手です。教室には、たくさんの応募があり、抽選となりましたが、私はなんとか当選し、参加することが出来ました。

教室は、彼の故郷、京都の和知町という小さな町で行なわれ、当選した人たちが皆ここに集まりました。七月の末から八月にかけて、一週間、私たちは来る日も来る日も太鼓と向き合い、いただいた課題曲を覚えるために汗をかき、助け合い、普通の生活では味わえない違った充実感を共有しました。ここで過ごした一週間は、私にとって忘れることの出来ない思い出となり、太鼓に対する想いが、素晴らしいことに変化した出来事でした。

参加した皆も、修了証書を貰うときは、涙で別れを惜しみ、「これから一つのグループとして活動しよう」と約束をしたのでした。『これでもか　和知連』の誕生です

それ以来、月に一回の割合で通信が送られてくるようになり、私に色々な事を教えてくれる大事な手紙となりました。

今月は、我らが江川太鼓の樋口さんの、太鼓に対する思いが私を通して和知連通信の記事とし

て載ることとなり、特に楽しみに待っていました。そして、通信を読んでいて、最後の記事に目が釘付けになりました。

「誰か太鼓演奏のグループで、ドイツ公演をしてくれませんか？」

それはインターネットのニュースを見たメンバーからの情報でした。発信元は、ドイツの日本国名誉総領事館の秘書の方で、計画した日本祭りのイベントが、予定していたグループのキャンセルによって、実現出来なくなりそうなので、どなたか助けてくれませんか、というものでした。

この年、私の所属する江川太鼓は二十五周年を迎えており、私としては何か記念になる事業を丁度考えているところでした。これは外国で江川太鼓を叩くいいチャンスだと思い、また以前から太鼓で文化国際交流ができたらいいなあと言う思いもあり、とりあえずどうにかしてドイツに連絡してみようと思いました。

江川太鼓は平成元年にイギリス・フランスの日本文化フェスティバルに参加し、イギリスのサリー州の中学校、オールハローズスクールで演奏し、それ以来、私の母校でもある川本町立川本中学校との姉妹縁組みの橋渡しの経験がありましたが、すべての手配を自分たちでする草の根的交流は初めてでした。

「在シュトゥトガルト日本国名誉総領事館」

次の日、夜。国際電話にチャレンジしました。もちろん、ドイツ語は話せません。グーテンタークク、ハローしかできません。いきなりドイツ語でまくしたてられたらどうしょう、恐る恐るインターネットメールに書いてある電話番号を回しました。

呼び出し音はやたらと長く、何か妙な感じです。

「ハロー」

「ハロー、◎×●○□■×」

まずい、やっぱりだ。まったく分からん、こうなったら、イチカバチカ、向こうが、ドイツ語なら、こっちは日本語だー。

「あのー、ゼーワルド・恵子さん、いらっしゃいますか？」

「あっ、ハイ私ですが」

あー、よかった、日本語だー。

それから、自己紹介をし、向こうの事情を説明してもらいました。まだ、出演グループが決まっていないことが分かり、江川太鼓の中で話し合いをしてみることを約束しました。また、電話ではお金がかかるので、インターネットメールを使う事にして電話を切りました。

今思えば、これがすべての始まりでした。これを機に三年続けてヨーロッパを訪問することになる始まりです。

在シュトゥトガルト日本国名誉総領事館はとても立派な建物の中にあります。名誉総領事のシュミット氏は、南西州立銀行の取締役頭取であります。

通常、外国駐在の日本大使、総領事、領事は、日本国籍の日本人でなければなりません。ライン河をはさんでフランス・スイスと隣り合うドイツ西南部、バーデン・ヴュルテンベルク州にある領事館は例外で、ドイツ唯一の名誉領事館で、ドイツ人のシュミット・ヴェルナー氏が日本領事を務めておられます。地元の人望を集めておられる方で、日本のこともよく理解されていらっしゃる方です。

世界的にもドイツは珍しく、地理や歴史の関係上、多くの日本在外公館が駐在しており、ベルリンに移動したばかりの大使館の他、ハンブルグ、デュッセルドルフ、フランクフルト、ミュンヘンに総領事館があります。

それら在外公館の仕事の内容というのは、簡単に説明すると、日本国の代表窓口機関として国と国の関係を保ち、政治、経済、文化の交流などに努め、邦人の保護、援助、援護を行なうことにあるそうです。スイスの日本大使館に二年目におじゃましたとき、そう説明を受けました。

名誉総領事館は、外務省直の機関ではありませんが、ミュンヘン総領事館の下、在外公館に準じた活動と業務をほぼなっており、ゼーワルド恵子さんはシュトゥトガルトで名誉総領事館の秘書をされています。とても明るい方で、回りを元気にしてくれるひまわりのような女性です。彼女も自分のメール（インターネット）の名前をゼーワルド・ヒマワリ・恵子にしているくらいで（恵子さんの芸名!?）なんでもトライしてみようという感じの方で、そんな精神の持ち主だからこそインターネットニュースにも「太鼓グループ来てくださいませんか」という記事を載せたんだと思います。

そんなわけで、私のこの本の中にも色々コメントを載せていただきました。皆さんにも彼女の人となりがご理解頂けると思います。では早速登場していただきましょう。

《ひまわりのドイツもこいつもばなし　その1》

「突然、ドイツよりお便り申し上げます」

『私は、日本国名誉総領事の者です。実は、皆さんに御相談があり、ニュースに載せています。

ある日本の太鼓グループが国際交流に協力して下さるとのことで昨年度からこちらでの太鼓公演の話を進めて参りました。ところが最近になって、メンバーが揃わないとのことで断わりの電話があり、こちらの方では、三つの独日協会がすでにお膳立てをして下さっており、とても困った状態にあります。

それで、大至急、太鼓グループでドイツに来て下さるところを捜しています。もし、このお話に御興味があれば、折り返しご連絡下さい。

送信日時　一九九八年一月二十六日十四時二十四分四十一秒』

これが私の打った生まれて初めてのインターネットニュースネットでした。

事の始まりは、一月八日、日本からの一本の国際電話からでした。

「××太鼓のｚｚです。いやー、実は、やっぱり、メンバーが揃わないようなので、来年にしたいと思います」

「でも、国際交流基金への申請に使う招待状は、去年、大至急お送りしましたよね。それは、どうなさったのですか？」

「あれは、そのまま手元にあります」

「えっ、じゃあ、申請しなかったのですね」

これ以上、この相手と話をする気がなくなり「分かりました。もう結構です」と私は、電話を切りました。

この半年の苦労が、こんな電話で断られる事が信じられませんでした。国際交流の企画でなくても、一つの企画を計画し実行へ移せるまでの苦労は、関係者のみの知るところです。

九十九パーセントの準備をして、最後の一パーセントが実行の場となるのです。この電話の後、私は、暫く事務所の中で放心状態にあったと思います。

「どうしょう」

「皆に何と説明したらいいのだろう」

名誉総領事館といえどもシュミット名誉総領事の他、スタッフは私一人で、相談する相手もいません。

名誉総領事からは、領事館業務すべてを任され、ここでは、まるで私一人が日本を担いでいるようなものなのです。

よくとれば、責任を任されていることだし、悪くとれば、責任が重すぎる。ドイツ語で **Mädchen für Alles** という諺がありますが、直訳すると「すべての役をする女の子」で、悪く言えば「便利屋」。それが、私にピッタリといったところ。

いずれにせよ、困った時に一人ぼっちで悩まなければならない事は、仕事とはいえ大変なことです。

国際交流基金に申請願いを出すまでに、まず、受け入れ側を決め、協力者を求め、会場を捜し、日程を調整する。さらには、宿泊先を決め、費用調達や、移動方法、楽器の輸送方法にメンバーの食事、飲物の手配に至るまでを考えなければいけない。その上、協力者の方々との話し合いやら現場調査に足を運んで、大勢の人たちの協力があってこそ、一つの計画を実行にと移していけるものなのです。

すでに三つの独日協会が日本からの太鼓グループを迎えるにあたって、着々と準備を進めていました。大袈裟に聞こえるかもしれませんが、これは単に私の問題ではなく、日本の信用に関わってくる問題です。協力してくれるドイツ人の人たちは、皆、親日家で、だからこそ、独日協会に入って、日頃から日本のためにボランティア活動を惜しみなくしてくれているのです。

独日協会はこのバーデンヴュルテンベルク州にも九つがあり、全ドイツには、五十を超える組織があります。

私たちのしようとしていることは、商業ベースの企画とは大きく違いますが、計画を進めるにあたっての段取りは、ほぼ同じに違いありません。しかし、決定的に基本的な所で違います。それは、関係者のほとんどがボランティアであること。彼らを動かすのはお金ではなく彼らの《好意》のみが彼らを動かすのです。惜しみなく日本のために協力してくれる彼らに、どうして、このあっけない国際電話の内容を伝えられるでしょう。

「メンバーが揃わないの一言で片づけられるものではないでしょう。どんな神経して今更そんな事、言える訳？　人の苦労って分かってんの？　あんたなんて国際交流に関わる資格ないわよ」国際電話で伝えられなかった相手への怒りの言葉が自分の頭の中で出口を見つけられずにぐるぐると回っていました。

二日も眠れぬ日が続きました。おそらく、怒りのため、血圧も上がっていたに違いありません。こんな時ばかり、クリスチャンになりすまし、仕事の内容といえどもキリストのすねにかじりつく。

「お願いです。神様、これを乗り越える方法はないものでしょうか。それともこのまま日本太鼓の企画が駄目になった方がいいのでしょうか」と、まじめにお祈りして、神様に答えを出してもらうことにしました。

二日後、コンピューターの前に座りました。丁度、日本のインターネットに接続できる日本語のコンピューターを名誉総領事にお願いして一週間前に購入してもらっていたのです。説明書を取りだし、

「これが、あの話に聞いていたインターネットね」ふむふむ、すらすらと読みました。

「ニュースね。そうだ！　これに書いてみよう！」しかし、ジャンルの区別がよく分かりません。

「日本太鼓イコール、ミュージックかな」ミュージックの欄を開けてみました。

《チューナー売ります。買います。》《だれだれのコンサートの券売ります。買います。》

「ちょっと違うんだよね。私の言いたいことは……。」まあ、いいか。誰か該当する人が読むかも知れないし、取り敢えず書いてみるか……」。そんな希望を持ってクリックしたのを憶えています。

それにしても神様からのアイディア「インターネットで道を開け」は、電子メール通信と同じ位に早かったのでした。

「よーし、これは、頑張れということだな」過去の悩み苦しんだ二日間とはうって変わって、また、元気が湧き、何となくうまく行くような予感がしたのでした。

それから二週間程たったでしょうか。二月の初めまで待って、何の反応も無いようなときには、関係者の皆に勇気を持って断るしかないと心に決めていました。そんな半分あきらめかけていたある日の午後。電話がなり、いつもの通りの、ドイツ語で「日本国名誉総領事館です。ぺらぺら」と応対しました。ところが、相手は、一瞬戸惑っているのか、何も聞こえて来ません。変な電話だなーと思っていると、

「あのー、ゼーワルト恵子さん、いらっしゃいますか、岩野と申します」

「どちらから、お電話下さいましたか」と聞き返すと
「島根です」この時、私は改めて、新分野のインターネットの凄さを思い知らされたのでした。

ドイツからメールを投げて、落ちたところが、島根、の田舎と後で知るのですが……。

岩野さんの人柄は、電話口ですぐに分かりました。事情を説明したすぐ後に、「そんなだらしの無い太鼓グループがいることは、同じ太鼓打ちの恥です。太鼓打ちは、そんなもんじゃーありません。僕のグループのメンバーとは相談しないと分からないけれど、僕一人でも行って叩きます」と言ってくださった事は、電話口で飛び跳ねたほど嬉しいことでした。こんなことを言ってくれる日本人が、この時代にまだいたのだ、日本もまだ、捨てたものではないと心から思ったことを憶えています。

『皆、どうする？』

さて、次の日から私、岩野の挑戦が始まりました。解決しなければならない問題は、大きく分けると、二つありました。

一つは太鼓のメンバーを説得すること。もう一つは、恵子さんに招待してもらえるように交渉することです。実際、来てくださいと言われたものの、肝心の内容、太鼓がうまいかどうかを見てもらわないと話にならないと思いました。

最初のメールを送ったときには、すでに、私の気持ちはドイツへ行く方向に決っていました。ただ、悲しいかな、一人で二時間近いステージをこなすのは無理です。太鼓公演には仲間が必要です。まずは先輩方へ報告と説得、これは即決してもらいました。やはり、長く太鼓を叩いている方々は乗りが違います。これでもう、行けたも同然。恵子さんに認められればの話ですが……。

次の練習日に他のメンバーに聞いてみることにしました。その日まで三日ありました。私は待ち切れず、町で会うメンバーには事あるごとに話をし、誘い始めていました。若い者は、お金の問題も当然のことながら、長い休みをとる事にかなり労力を使わなくてはなりません。皆の参加の可否を聞くのにやはり時間はかかりました。

《ひまわりのドイツもこいつもばなし　その2》

江川太鼓・和っ鼓の皆さんに来てもらうに当たって、心配だったことが二つありました。一つはメンバーの自己負担になるお金の事。二つ目は皆が休暇を取れるかということ。日本で一週間から十日に及ぶ休みを取ったりすれば、帰ったときに会社に机が無くなっているかも知れないという恐れがあります。

日本で働く人々にとっては、休暇を取るということは実に大変な事であり、まだまだ、休暇にたどり着くまでの苦労や心労が大きいのです。

休暇を取ることは、日本では、まだ、労働者の権利になっていない様な気がします。法律上はよく知りませんが「休暇を取る」のではなくてまだ、「休暇をとらせていただく」というレベルだと思うのです。

ドイツでは、労働者にとって、休暇は「権利」でもあり、取らなければいけない「義務」でもあるのです。有給日数は、業界によって若干の違いはありますが、年間二十五日から三十日が普通です。

私の知っている会社でも、二週間まとめて取らないと〝ボーナスが減る〟という信じられないところもあります。

また、会社の都合で労働者の有給休暇が減るとすれば、会社側は、罰せられます。もちろん、ドイツの会社にも忙しい時期というのがありますから、その間は休んではいけないというような社内のお達しはありますが、会社に有給休暇をただであげてしまうなんていう労働者は聞いたことがありません。

「休む」という響きにドイツと日本で相当な理解の違いがあります。日本人は、休むことはいけない行為や人間の怠けの象徴だと思っています。ドイツ人は、人間、疲れたら休むことは当たり前と思い、それは、自分のことでなくても相手の場合にでも理解することができるのです。

また、ドイツの場合、この休暇の他に「保養」という言葉が存在します。休暇のほかに医者の診断と保険会社の了解があれば、三週間から四週間、保養地へ行き、静養することができ、これは、有給休暇とはまた別のものです。もちろん、十年前に比べれば、保養に関しての条件や個人の金銭的負担なども大きく変わりましたが、社会の中で〝保養地へ行く〟ということは、しっかりと認められている行為になっています。

例えば、病気で六週間休んだとすると、その後四週間の保養と、回復後有給休暇を六週間取ったとしてもこれは、立派にドイツ社会に通用する理論であり、権利なのです。要するに「病気でやむを得ず取らなければならない休み」と「保養で休んでよしと認められた休み」と「休暇として取れる休み」が独立して成り立っているわけで、この範囲であれば、給料が減るなどということはありません。

これだけいいことを書いたら、「ドイツに移住するぞー」と張り切る日本人も出てくるでしょう。しかし、もちろん全てがいいのではなく、社会保障をよくすればするほど、税金やら保険料、その他なにかと色々なお金を国に吸い取られてしまうわけです。

平均的に見て、手取額は、本給から半分もしくはそれ以上のお金を引かれてしまっています。現状で、ボーナスだって、出してくれる会社で一カ月ぐらい。将来に向けて払い込んでいる今の年金だって、いずれは、国から裏切られるときが来るので、自分の老後を自分で保護することが今から始まっています。それでも、どうでしょう。「休み」と「お金」どっちを取るか、ドイツでは、大抵の人がやっぱり休みを取りますね。

なぜなら、ドイツ人にとって、旅行へ行くことや趣味や自分の為に時間を費やすことなどは、ほぼ、人生の目標になっているからです。会社にとっても社員に休みをとってもらうことにより、例えば、誰かが休むことによって緊張していた事務所の雰囲気が、リフレッシュされたり、新しく働く意欲をつけて帰ってきた従業員に影響されるなど、全体的には結果プラスに働いているからです。

もちろん休んでいる人がいる間、他の人の仕事は大変になるとしても、これまた「お互い様」

であり、また、会社にとって、ストレスが溜まり過ぎた従業員に突然ずる休みされたり、仮病で長期的に休まれて困る日本の会社よりも、前もって計画的に、従業員の休みを取らせる会社の方が色々な面に与える迷惑一つを考えてみてもいいと思えないでしょうか。

日本人は兎に角「休み」が「悪いこと」であるという感覚を無くさなければなりません。限りがあるものには、必ず定期的に「充電」が必要なのですから。

余談になりますが、言わせてください。私の両親は、戦後、日本の経済成長期に歯車の一つとして働きに働いた労働者でした。そのお陰で私には、子供の頃、親とどこかへ旅行に行ったとか、親と一緒に十分に過ごしたという記憶がありません。しかし、当時それはごく普通の家庭環境だったのです。しかし、後にお金に余裕ができたとしても、子供の頃の思い出を誰が買ってあげられるでしょう。だから、お金と時間を使っても、思い出作りは人生のうち大切なことなのです。素敵な思い出のない人生ほどつまらないものはないと思いませんか?

話はもっと飛んで、数年前に親孝行のつもりでイタリアの保養地に私の母親を連れて行きました。保養ホテルでの一週間の滞在です。この際にゆっくりと保養をしてねと言っても、母親は、ただおろおろするばかり。話を聞くと「保養」とは、どうすればいいのかとのことです。私は、この発言に唖然とし、日本人は旅行はできても保養ができない事を実感、国民に保養の仕方を教えていない日本の国が貧しく感じられたものでした。

話題を太鼓グループに戻します。そう言うわけで、休暇を取るということを不安がる彼らに、休暇を取ること、チャンスを掴む事の大切さを説き、チャンスや思い出というものは、後でお金では買い戻せないものであり、ドイツに来てくれたら、人生のうちでも素晴らしい思い出作りができることを固く約束したのでした。

さて、こちらはメンバーのほとんどが参加できる状態になったので、恵子さんとの交渉に入りました。同時進行ではあったのですがメンバーの意向がはっきりしないと、先に進めないのも事実でした。

とりあえず、ドイツに私達の演奏ビデオを送り、見てもらう事にしました。結果を待つこと二週間、恵子さんからすばらしいとのメールが届き、ドイツ行きはそれで決まったようなものでした。私は太鼓を叩き始めて二十年ぐらいですが、いつも思うことは、私たちが叩く「中国太郎」という曲がすばらしいということです。この曲の中には古くから地元に伝わる田植ばやしのリズムや神楽舞の曲のリズムが中心にあります。そして全体として始めはゆっくり、徐々にリズムがアップしていって、クライマックスはメンバーそれぞれのソロ打ちとなり、終わりはまたゆっくり、それはまるで江川の流れのごとく聞ける曲で叩いている者にとっても、舟で川下りをしている様に楽しく叩きがいのある曲です。作曲していただいた竹内先生には感謝申し上げます。竹内先生は元高校の数学（音楽ではないところがおもしろい）の先生で、神楽の分野では数々の著書を書いておられます。その先生だからこそ、神楽ばやしもうまく曲の中に生きているのだと思います。ビデオにも、この曲がメインで入っていました。

作戦成功です。

『資金繰りは大変』

グループとして参加することを決めてからやらなければならないことはたくさんありました。大きく分けて三つありました。

一つは練習。一つは資金繰り。もう一つは予算立てです。まるで商売のようですが。こうなると一人でやるには限界があります三つの中では資金繰りに一番困りましたが、資金繰りは樋口さんにお任せすることにしましたが、恵子さんと打ち合わせをしていても、いつも最後はお金をなんとかしないとということになるのです。それくらい難しい問題でした。

恵子さんから「国の助成金の申請をしてください」と助言があったのは、そんな会話が続いていた時でした。「国際交流基金」という機関です。これは任意団体が国内や国外での交流を行なう際に資金を助成してくれる機関で、具体的には、私たちの場合、渡航費と宿泊費を援助してもらえることになりましたが、この申請書作成が樋口さんの担当となりました。

予算立ては私の担当でしたが、なにせ、自分で一から十までしなくてはなりませんし、時間もあまりありません。例えば太鼓をドイツに送るのにいったいいくらかかるのか、想像も出来ませんでした。

江川太鼓は今までに二度の海外演奏旅行経験があります。初めは韓国慶洲北道、もう一回はフランス、イギリス公演です。今回のドイツ公演に、その時に使用した箱をそのまま使うことにして、箱の重さと大きさを計り、太鼓自体の重さを合計したものと、その他に持っていかなければいけない備品の重さの合計を持って、運送屋さんに見積りをお願いしました。金額は、百八十万円でした。なんとしても、基金から援助を貰わないといけないと思った瞬間でした。

もう一つしなくてはいけないことは練習です。今回、出演の依頼がインターネットという特殊な方法であったため、私がドイツに電話を入れたすぐ後に、新潟の長岡工業大学の太鼓サークルのメンバーも、メールで恵子さんのところに出演希望を申し出ていました。その時点ではグループとしてまとまっていけるかどうかは分からないが、ということでしたが恵子さんにしてみればありがたいことではあり、出来れば江川太鼓と一緒にきてほしい、ということになりました。

長岡工業大学「鶴亀会」の合同参加が決まりました。また、私の気持ちとしては今回の公演は、京都の「和っ鼓」のメンバーがこのドイツ行きの情報を教えてくれたので、当然、彼女たちにも一緒に行ってもらうべきだと思っており、そのグループからは三人の参加が決まりました。ここで問題なのは、合同練習をどうするかでした。新潟、京都、島根・川本と離れているため、合同練習は何回も出来ないと思いました。日程を決めて、練習をすることとなりました。

『招待状が来た！』

平成十年三月四日付で、カールスルーエの独日協会から正式な招待状が届き、その後、ドナウエッシンゲン独日協会、フライブルグ独日文化協会からも招待状がきました。どの都市もバーデン・ヴュルテンベルク州（覚えるまでに舌を噛みそうな名前ですが……）の中にある街です。

今回は、この三つの都市、その他、シュトゥトガルト国立音楽大学、フランスのサベルヌという街からも招待を受けました。前記したビデオの力です。ドナウエッシンゲン市の姉妹都市であるフランスのサベルヌ市が私たちの事を聞きつけ、「是非とも私たちの街にも来てほしい」との要望が出てきたのです。その他にも噂を聞いて名乗り出てきて下さった街はいくつもあったのですが、しかし、現実問題としてこれ以上公演を増やすのは無理と考え、丁重におことわりしました。

恵子さん曰く、「太鼓は、実際に生で聞かないと中々感動が伝わらないけど、江川太鼓の場合は、曲の中頃からビデオの画面に釘ずけになった」と、メールで教えてくれました。各独日協会の会長さんも、今までにないかたちで日本文化が紹介出来ると大喜びされたそうです。そんなことを聞くと自分たちもやる気も出てくるし、嬉しい限りです。

さて、この招待状を持って、国際交流基金への申請を行ないました。ミュンヘンの日本総領事館からも推薦状を頂き、申請に一役買ってもらいました。お陰様で時期的には帰国してから決定してくださるはずだったものが、出発前に国際交流基金から補助金がでました。ただし、基金から下りたのは五人分でした。海外経験があり、交流に適する人が行くかどうかを書類で見て判断するのだそうですが、そんなもん、書類見て分かるもんか、と一人で思っていたら、樋口さんも同じこと言っていました。でも、五人分だけでもありがたい。足らない分は、皆の個人の負担となりました。後日、恵子さんから嬉しいニュースが入りました。それは、恵子さんの上司、名誉総領事のシュミットさんが、資金繰りに困っていることを聞きつけ、ポケットマネーを出してくださるということでした。金額も、一万マルクです。日本円で八十万円ぐらいです。本当にありがたかったたし、嬉しかったです。

『合同練習だー』

六月二十日、二十一日の土曜日、日曜日を合同練習の日と決め、皆に連絡しました。新潟から二名、京都から三名の参加で行ないました。新潟メンバーは、武田　大さん、尾山　聡さん、京都の和っ鼓は、小泉　直美さん、上戸　綾子さん、平　直子さんの三人です。江川太鼓は海外遠征メンバー全員参加で十二人、皆やる気満々です。

新潟や京都からこの島根の川本に何時間もかけて（日本といえども遠いです）わざわざ来たのですから、その意気込みは凄いものです。初めに、自己紹介をして皆の顔を覚えてもらいます。私も、和っ鼓のメンバーは知っていますが、武田さん方にはお初にお目にかかります。でも、なんか変な感じで、それまでインターネットで、武田君とも話をしているので初対面とは思わなかったのです。これは、ドイツのフランクフルト空港で、恵子さんと初めてお会いした時もそうでした。ある程度、どんな人間か分かっているという安心感かもしれません。

練習初日、それぞれの持ち曲を叩いてもらい、どの曲をピックアップするかを決めようと、我らが、チームリーダーの森脇　淳宏さんの意見がありました。ただ当初から、演奏曲目については僕の頭の中にはある案がありました。

三グループがそれぞれに自分たちの持ち曲を叩くのであれば、曲決めをして、曲と曲の間のつながりを決めてしまえばいいのですが、それではおもしろくないし、一緒に行く意味もないとも思ったのです。何らかの形で「合同演奏」に持っていきたいと考えていました。とりあえず江川太鼓の曲は覚えてもらって、一緒に叩きましょうと話をしており、ビデオと楽譜を前もって送ってあったので、実際どのくらい皆でできるかもやってみました。これが、思いのほか難しく、なかなかうまくできません。曲自体は覚えていても、もう何十年も叩いている江川太鼓のメンバーと、ついこの間から覚え始めたばかりの者との間には多少のずれがあって当然です。

このままでは、僕が思っていた、全員で一緒に叩くということが出来なくなると思いました。しかし、私はある事に気がつきました。日本の太鼓には、地打ちと言って、基本のリズムがあります。ベースに

合同練習中で〜す

なるリズムです。

太鼓の楽譜と言うのは決まりきったものがありません。私たちは打楽器の譜面や竹内先生が考えられた楽譜で練習をしています。

「トントコ、トントコ」、「トンコ、トンコ、トンコ」は私たちの曲にも流れている、ベースリズムです。

左側は、竹内先生の発案された楽譜で、四角の中に丸が四つあると「トン・トン・トン・トン」。丸の無いところは叩きません。さすが元数学の先生。全国的には左側の譜面だったり、簡単にカタカナで「トントコ・トントコ」と書いて曲を覚えたり、外国では丸、四角、三角にそれぞれ決まりのリズムを決めて譜面には丸、四角、三角、が並んだものもあります。初めてみると何のことやら判りません。さて、「トントコ・トントコ」、「トンコ・トンコ」は、和太鼓ではよくあるリズムです。このことに注目して、三グループの共通しているリズムを探しました。私たちの曲は大太鼓（直径三尺、約九十センチ）のものが一つ、中太鼓（直径二尺、約六十センチ）のものが七つ、小太鼓（直径一尺、約三十センチ）のもので演

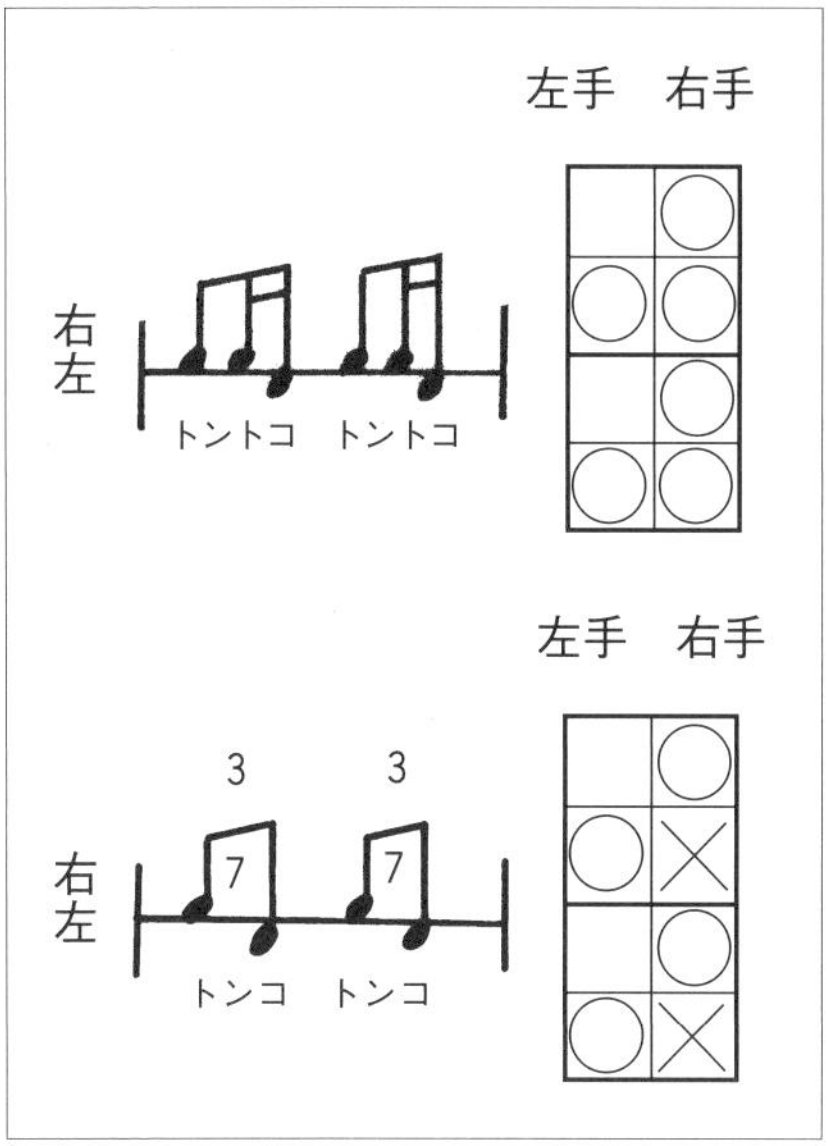

奏されます。で、中太鼓の七つのうち四つは横打ち、斜打ちと言いますが、太鼓の片方が空いているので鶴亀会や和っ鼓のメンバーに入ってもらって叩くこととしました。鶴亀会の皆には江川太鼓の「中国太郎」のソロ打ちの部分で入ってもらい、和っ鼓とは「若鮎」の中程で、和っ鼓の曲を入れるということにも挑戦してみました。これがなかなかよくて、今ではそれが当たり前のような曲に仕上がりました。入ってもらった所にはその共通のリズムがあったのです。

作曲者からみれば、大変、勝手な話だと思います。一つの流れとして曲を書いていただいているのですから、それを途中で切って、別のグループの曲を入れるなんて。竹内先生、遅くなりましたが、この場を借りて、お詫びとともに、お許し願います。出来ましたら一度、江川太鼓ドイツバージョンを聴いてもらいたいです。

二日の合同練習もあっという間に終り、またそれぞれに練習する宿題を残しつつ、出発までの一カ月を送ることになりました。

『太鼓の旅立ち』

太鼓を梱包する時期が近づきました。太鼓を外国に送るにはちょっとした手続きが必要です。カルネという書類を作成して、それを相手国のカルネ事務局へ提出し、税関を通る際に見せなくてはなりません。それをしないと、大変な税金がかかるのです。この太鼓は、演奏用であり、外国に売りにいくのではありませんという証明書です。証明書は訪れる国の数だけ必要です。今回は、ドイツ、フランスと行きますので、二通必要になります。また、手荷物として、チンドン太鼓と篠笛《しのぶえ》、三味線を持っていくのでそれについても書類が別途に要りました。合計三通です。七月の三日に木箱に入れた太鼓たちがカルネとともに出発しました。木箱は以前、フランス、イギリスに行ったときに作った箱を再利用しました。縦、横、高さが二メートル四方もある木箱たちが五箱もトラックに積まれ関西空港の税関まで行きます。ドイツまで一週間の旅です。
いつも太鼓を遠くに送り出すとき、なんとも言えず寂しい気になります。娘を嫁に出すと言ったら大げさかもしれませんが、そんな父親になった気分で太鼓を見送ります。無事で着いてくれよ……と。

『さあ、出発だー』

太鼓が無事ドイツのフランクフルトに着いた知らせをメールで確認して、すぐに私たちも出発です。ドイツに向かうにあたって、メンバーはいささか緊張気味です。中には海外旅行初めて組もいましたから当然でしょう。自分も興奮気味ですが、他のメンバーとはまた違ったところでワクワクどきどきしていました。
インターネットや国際電話でのやりとりを通して国際交流が実現するに至ったのですが、これまでは、ビジョンの世界であり、相手は実は、架空の存在であるかも知れません。世の中、良い人ばかりではありませんから、誰かにからかわれているのかも知れません。新時代の道具を制覇して知らない相手とコンタクトできても、その人間を信用できるかどうかと言う最後の判断は、ある種の人間の勘に頼るしかありません。

現代では、インターネット・携帯電話の出会いは普通のことになりましたが、今回は、外国に自分の仲間を連れて、何トンにも及ぶ太鼓達を担いでいくのですから一見綱渡りのようでもあります。元もと、楽天家の私ですから、悪いことは考えないようにしても、一瞬、ありえないではしい悪いことを考えると身の毛もよだつようになるので、いつものごとく考えないようにしました。

人を信用すると言うこと、人に信用してもらう事は時として非常に難しいとつくづく思いました。けれども、それは、本当はほんのちょっとしたことで成立するものだとも感じました。

恵子さんは、私の色々な不安や疑問質問を、メールやファックスでことごとく解決してくれるのです。そんなことを一年近くお互いやっていれば、信頼関係は自然とできあがるものです。でも、本当に恵子さんはフランクフルト空港に現れてくれるでしょうか……。

出発メンバーを改めて紹介しましょう。新潟の長岡工業大学、鶴亀会からは五名、京都の和っ鼓からは三名の参加です。

【島根　川本　江川太鼓】　以下敬称略

団長　樋口　忠三（山陰合同銀行　川本支店支店長　大・中太鼓）

リーダー　森脇　淳宏（川本町教育委員会課長　笛・中太鼓）

市川　健昭（川本町役場水道課　小・大太鼓）

事務局　岩野　賢（月森ゴム工業所　代表取締役　中太鼓）

朝比奈勝士（岡田家具店勤務　神楽舞い・チャッパ）

細川　博之（大阪営林局　川本営林署勤務　中太鼓）

山根　剛（森脇電気店　専務　中・大太鼓）

田渡　誠（川本町教育委員会　小太鼓）

渡津　久美（山陰エフエム放送パーソナリティー　小太鼓）

渡津　孝文（月森ゴム工業所　勤務　小・中太鼓）

竹下　耕二（川本町教育委員会　中・小太鼓）

【新潟　長岡工業大学　鶴亀会】

それぞれが色々な研究をしています。ある人は豆腐の製造過程で流れる排水処理の研究を私達に力説していました。ちゃんと卒業できたのでしょうか?

武田　大（大・中太鼓）

尾山　聡（大・中太鼓）

高橋　弘希（大・中太鼓）
南部　耕司（大・中太鼓）
堀山　桂則（大・中太鼓）

【京都和っ鼓】

小泉　直美（大阪市内コンピューターソフト会社勤務　笛）
平　　直子（枚方　船橋保育園　勤務　中・小太鼓）
上戸　綾子（枚方　船橋保育園　勤務　中・小太鼓）

【川本　新婚カップル】

遠藤　幸雄（島根中央信用金庫　江津支店勤務　大太鼓）
遠藤　美穂

の総勢二十一名です。

訪問地は

ドナウエッシンゲン
カールスルーエ
バッド・クロチンゲン
サベルヌ（フランス）
シュトゥットガルト

オランダ
ドイツ
ポーランド
ベルギー
フランクフルト
カールスルーエ
ハイデルベルク
シュトウットガルト
チェコ
サベルヌ
バッドクロチンゲン
ドナウエッシンゲン
フランス
スイス
オーストリア
イタリア
1998年訪問先　●印

遠藤君は当初、行けそうにないと話をしていましたが、その理由は謎でした。聞いても教えてくれませんでした。しかし、私としては彼のパートを叩けるスペアーが市川さんしかいないし、市川さんは小太鼓の要だったので、どうしても行ってほしかったのです。私たちは自分のパート、自分の叩く太鼓を決めて練習をしています。曲によって多少太鼓を変えていますが基本的にはあまり変えません。しかし、人数の多い少ないに関わらず、出演依頼をこなしていかなければいけない場合もあり、他のパート、他の太鼓も叩けるようにしています。しかし、全ての太鼓を楽譜通りに叩ける人というのが中々いないのです。演奏旅行に出かけると何があるか判りません。だから、スペアー的存在は必要でした。遠藤君から理由を聞き出すのに随分かかりましたが、結局、結婚するということでした。ならば太鼓で祝ってあげるので、新婚旅行はドイツに行こうと説得しました。奥さんとしては、アメリカのディズニーランドに行きたかったようでしたが、悪いとは思いながら無視しました。ごめんなさい。結局、奥さんも私たちの公演にずーっと付き合ってもらいました。遠藤君はユーロディズニーランドに行こうと奥さんを、強迫いや、説得したみたいですが、太鼓を叩くのに忙しくて、その約束も果たせませんでした。

平成十一年七月十五日、夜、川本発のマイクロバスは関西空港目指して走ります。早朝、関西空港近くの岸和田で時間潰しをし、朝八時に関西空港入り、和っ鼓のメンバーを待ち、搭乗手続きまでの合間にドイツマルクに両替などして、昼の十二時にフランクフルト行きジャンボに乗り込みました。ところが、私たちの席がどこにも見当たりません。スチュワーデスさんに聞くと、何とビジネスクラスに案内されました。何かの間違いか、今回のスポンサーに全日空が入ったのかなと思いましたが、単なる偶然だったことが後で分かりました。でも、すこぶる快適な飛行機の旅でした。全日空さんありがとう。おまけに、コックピットまで覗かせていただき、パイロットの方と写真を撮りました。写真を撮るとき、パイロットがこちらを見てにっこりされたのですが、操縦桿は持っててほしかったなあ。

エコノミーとは食事だって内容がちがいます。メニューから好きに選べるのですが、となりの市川さんは楽しい人で、お酒を隅から隅まで頼んでいましたが、フランクフルトに着く頃にはお酒が全部無くなっていました。

『フランクフルトの怪しい人』平成十年七月十六日

市川さんが着陸の時びっくりして飛び起きたのにびっくりして、私も目が覚めました。フランクフルトに到着です。日付けが一日逆戻りして、十六日の午後五時半です。出口で、恵子さんと初顔合せ。しゃきしゃきのキャリアウーマンと言った感じではありますが、何となく、親しみ易い人柄です。長岡大学のメンバーを乗せた成田からの便を待って、合流後、出口から歩いて空港駅まで行き、今日中に最初の訪問地、ドナウエッシンゲンまで行かなければなりません。時差ボケで結構しんどかったです。でも、時差ボケは私ぐらいで、他の皆は初めて会った恵子さんと電車の中で大はしゃぎしていました。

フランクフルトの中央駅ではおもしろいことがありました。この駅は、置き引きやスリが多発する場所で、恵子さんも、自分の荷物からはくれぐれも目を離さないよう注意していました。その話の時に、細川さんはトイレに行って、いませんでした。細川さんが戻ってくると恵子さんが怪しげな目つきで細川さんを見て、みんなに彼に気をつけるように促しています。そう、恵子さんは細川さんを怪しげな東洋人と勘違いしたのです。そう言われると確かに怪しげかも。後で聞いて大笑いでした。

『ドナウエッシンゲン』平成十年七月十七日

夜中の十一時半にドナウエッシンゲン駅に到着、ホームにホストファミリーの方々が出迎えに来ていてくれました。私は例の東洋人、細川さんとペアで、ブリギット・タルガネイヤーさんという女性の方に二日間、お世話になります。

車で彼女のボーイフレンド（初めはご主人かと思っていた）とお二人で迎えに来てくれました。駅のホームで自己紹介（と言ってもグーテン・アーベントと言って英語でマイネーム　イズ　マサル　イワノというだけであとが続かない）をし、車に乗り込みます。車中で彼女は「ドイツ語が話せるか」と聞かれ、私たちは「話せません」と答えました。彼が「英語が話せるか」と聞き、私たちは「ア・リトル」と答えると彼が何やら英語で話してきました。お互い一生懸命話そう、

ドナウェッシンゲンのガスト ファミリー
ブリギットさんと彼氏

聞こうとするのですが理解できず、東洋人とさびしく「アイ・ドント・ノー」と言わざる得ませんでした。「ア・リトル」と言ったのにボーイフレンドと私たちの「ア・リトル」にはかなりの差があるみたいです。

お二人は同じ家に一緒に住んでいます。彼女は地元新聞社のカメラウーマンで、私たちの公演の写真も写して頂き、新聞にのりました。彼は新聞記者で私たちの公演記事のとなりの紙面を埋めていました。内容は難しそうで私には分かりませんでした。子供さんは二人いて、長男のカイ君は音楽学校に行く予定になっている十二歳のおとなしい子です。ドラムを叩いて聞かせてくれました。お姉ちゃんは名前をハルヂナといい、十四歳で、友達とおしゃべりが大好きな子です。

自宅に着いたのは日付けが変わった夜中の十二時です。シャワーを浴びて寝ようかと思っていたのですが、タルガネイヤーさんは何か食べるかとか、飲むかとか勧めてくれます。喉も渇いていたので遠慮なく頂きました。私は下戸ですが、細川さんはお酒大好き派です。食堂に通されて、ビールやアップルジュースをいただきながら、日本から持ってきた家族の写真をみせながら遅くまで話をしました。

ドイツの家庭には必ずと言っていいくらいアップルジュースがビールと一緒においてあります。始めは日本人がアップルジュースが大好物と思われているのかと思っていましたが、ドイツの方が好きなようです。そのジュースに炭酸水を交ぜて飲むのですが、冷やさずに飲むのです。なにか物足りないようで、ビールも冷えていません。でも、段々慣れてきて美味しくなるから不思議です。またドイツの家庭にはお風呂がありますが、ほとんどの方がシャワーですませます。理由は水道料金が高いこと、川がよごれるのを防ぐ事のためです。ドナウ川が美しいのはこんな小さな事の結果だと知りました。

次の日、少し遅い朝食を取って、ドナウエッシンゲンの宮殿に歩いていきました。そこには黒い森に囲まれたフルステンベルク宮殿と、聖ヨハン教会の間にドナウ川の源泉が湧き出ていて、大事に保護されているところでもあります。

何と水の奇麗なことか、ほとんど飲めるくらいの水です。この水が黒海までの二、八四〇キロも流れていくのです。市の広報官の方に宮殿を案内してもらい、ドイツのルネッサンスやバロック様式を初めて目の辺りにしたのでした。宮殿から眺められる美しい庭園とその向こうにドナウ川が緩やかに流れています。時間がさかのぼり、一瞬、本日行なわれる太鼓公演のことなど、遠い未来の様に消えていってしまいました。昼食を済ますとすぐに会場準備に入り、広報活動として市内をチンドンパレードで歩き回ったのですが、ルネッサンス、バロックの歴史を持つヨーロッパの人々の目にはどの様に映ったでしょうか。このチンドンパレードは私たちの公演宣伝には定番となりました。街の人は何事かという顔で見る人や、カメラを持ち出して写す人、拍手をするお店の人と反応はさまざまですが、公演のいい宣伝にはなります。市の広報官も「こんな宣伝で町を歩いたグループは初めてだ」と喜んでいました。

一度、家に帰って、夕食は、タルガネイヤーさんのお父さんの手料理でした。豚骨スープをベースにしたパスタです。スープから作る本格派です。自然の味であっさりしていました。食後みんなでアイスを食べにいき、タルガネイヤーさんは教会へ、私たちは、おじいさんに会場まで連れていってもらいました

いよいよ初日の公演です。公演は夜、九時からで、ドナウエッシンゲン市の姉妹都市との国際交流文化の夕べというお祭りです。ハンガリー、ドイツ、フランス、日本の伝統的な踊りや歌を紹介するもので、私たちがトリ（最終）です。ちなみに、フランスはサベルヌからの交流団体が来られており、後日そのサベルヌに行くことを伝えたら、見に行きますと言ってくれました。

会場は、ドナウハレという体育館のような市民ホールで、音的にはあまりおもしろくないのですが、初日なので皆も力が入っていました。恵子さんは、私達の舞台に花をそえるべく、江川太鼓の横断幕を夜なべで作ってくれていました。初日のドナウェッシンゲンでおひろめです。何でも習字の先生と夜おそくまでかかって作り上げたそうです。そのお陰で舞台も華やかになりました。さあいよいよ出番です。

一曲目は、木遣り歌から「三宅」という曲です。インパクトのある曲で、低い姿勢で横から叩き込むので非常に体がしんどいのですが、お客さんを引きつけるにはもってこいの曲です。これは三宅島に伝わる曲で、全国的に有名な太鼓曲です。単調な地打ちにソロをかぶせていき、最後は全員で叩いていきなり終わります。終わった瞬間ちょっと間があって、驚きの声や歓喜と拍手がまざりあって、ステージに返ってきました。

二曲目は「若鮎」と「かがり火太鼓」。これは前記した京都の和っ鼓との合作です。和っ鼓の三人がステージ真中でテンポアップして叩くので、終わるとスタンディングオベーションでした。

三曲目は鶴亀会の「大花火太鼓」。この曲は途中、おもしろいことをします。それはソロ打ちの場面で、大きく、ゆっくり叩いて同じリズムをお客さんに拍手してもらうようにアピールします。これに結構お客さんものってくれました。つづいて、江川太鼓の十八番「中国太郎」です。この曲は次のナレーションによって始まります。

若者たちによって打ち鳴らされる
日本太鼓に耳を傾けるとき
そこには古き良き時代がある
悠々たる江川の流れにひたるとき
そこには清流あり
緑なす山々あり
豊かな人情あり
暖かい宿場町川本がある
そこに住む若者たちは
今、母なる大河江川に挑もうとしている
希望の船出、悠々たる舟歌
勇壮な水神囃し、激流との戦い
そして暖かい宿場町の灯
数々のロマンを船一杯に乗せて
夢は川面を走る
ここに江川太鼓響きに響く

尺八とともに……
中国太郎の始まり　始まりー

これが尺八のメロディーと共に唄われる曲初めの口上です。初めはドイツ語にして唄うことも考えましたが、「日本」を出したくて、そのまま唄い上げました。日本語教師を副業とする恵子さんには「そして」のアクセントがおかしいといわれましたが……。長年唄い込んでいるので、直りませんよ、恵子さん。この「中国太郎」で聴衆は総立ちで拍手です。席を立ってアンコールのアピールをされると悪い気持ちではありません。中には席の腰掛けの上に立ってアピールする人もいました。

アンコールは秩父の「屋台ばやし」です。本当に嬉しかった。アンコールがあると予想して演目を選びますが、本当にすごいアンコールのアピールの仕方だと思いました。

終わるとタルガネイヤーさんが寄ってきて、一緒に飲もうと誘ってくれました。会場では、お酒の販売もして盛り上がっているのです。飲めない私ですが、それでも叩いた後は美味しいです。彼女は、私の二の腕をさわってはすごいすごいと言っていました。

ビールをおごってもらったお礼にカイ君を大太鼓のところへ連れていき、たたいてもらいました。他のお客さんも残っておられて、太鼓ワークショップの始まり始まり。カイ君、ドラムを叩くだけあってリズムがなかなかいいです。みんなひとしきり叩くと、後は「みんなのサインをください」とちびっ子が寄ってきました。メンバーも悪い気がしません。漢字で書いて喜んでもらいました。

明日は次の公演地へ移動です。遅くなっても自分たちで太鼓の箱詰めをしなくてはいけません。ドイツのコンサートは、日本では考えられない程遅い時間から始まるので、箱ずめが終わるのは夜中になります。名誉総領事館では一人でも多くのドイツ人に日本太鼓を見てもらいたいという方針なので、同じ場所で二日公演というのはありません。

一人でも多くの人に日本文化に理解を持ってもらうということは、私たちにとっても望むところであり嬉しいことです。体はきついですが、やらなければなりません。その夜のうちに太鼓だけが次の公演地へ旅立ちます。

家に帰るとみんな寝ずに待っていてくれました。とにかく感動したということを一生懸命伝えてくれます。シャワーを浴びて、ゆっくり寝なさいと言われその通りにしました。夜中の二時ごろトイレに行ったら、同居している彼氏が居間のソファーで寝ていました。新聞記者の仕事は、大変みたいで、遅く帰ってきてそのまま横になられたのでしょう。それと、彼の部屋を私たちが使わさせていただいていたこともあります。どうもすみません。

その日はよく寝むれました。明日はどんな町に行くのかなー。そんなことを思いながら熟睡しました。次の朝は、みんなで朝食です。パン党の私にとっては美味しいものばかりで、少し食べ過ぎましが、最後に入れてもらったペパーミントティは、あまりの美味しさにお代わりをしました。

この日は、次の訪問地、カールスルーエまでバスで三時間の移動です。ドナウエッシンゲンの駅まで、ホームスティ先の家族みんなで見送りに来てくれました。タルガネイヤーさんは、私にペパーミントの花と種を渡してさよならをしてくれました。「うるるん滞在記」というテレビ番組がありますが、あの気持ちがよく分かります。「お元気で、また遊びに来ます」通訳の方を通じてお礼をしました。貰った花は、私の三味線ケースに入れておいたのですが、いつまでもいい香りがしていました。

バスの中では、二日間お世話になったホストファミリーの話をそれぞれが話しています。これがバス移動の時には日課になってしまいました。通常の公演旅行では同じ旅館に泊まって同じ食事をするのが普通ですが、今回のようなホームステイではそれぞれが違う経験をするのですから、話は山のようにあります。始めは、言葉などができないため心配をしていましたが、過ぎてみると身振り手振りで会話をしていたのでしょう。みんな楽しそうです。

Walter Lwowski
Präsident der Deutsch-Japanischen Gesellschaft Donaueschingen

Mokich Saito,einer der gröβten und berühmtesten Dicher Japans wurde 1882 in Kaminoyama, Präfektur Yamagata,geboren.Während seines Medizinstudiums in Tokyo begann er Gedichte zu schreiben.Als Gastprofessor wurde er 1922 von der japanischen Regierung nach Wien und München gesandt.Beeindruckt von der schönen Donau in Wien,machte sich Saito auf den Weg,die Donauquelle zu suchen.1924 kam er nach Donaueschingen an den Ursprung.Hier erinnerte ihn die Landschaft sehr an seine eigene Heimat,so dass er 16 Tankas schrieb.

70 Jahre später erinnerten sich die Stadtväter Kaminoyamas wieder an die enge Beziehung Saitos zu Donaueschingen.Nach gründlicher und anonymer Prüfung der Stadt Donaueschingen/* wurde der Wunsch nach einer Patenschaft dem Gemeinderat Donaueschingens angetragen. Gerne nahm dieser das Angebot an,so dass 1995 die Partnerschaft Kaminoyama-Donaueschigen besiegelt wnrde.lm Zuge dieser Partnerschaft haben sich interressierte Bürger Donaueschingens zusammengetan und eine Deutsch-Japanische Gesellschaft gegründet.Die sich zum Ziel gesetzt hat, freundschaftliche Beziehungen zwischen den Bürgern von Donaueschingen und Kaminoyama,sowie Deutschland und Japan zu vermitteln und zu pflegen.

Der Gründungspräsident der Deutsch-Japanischen Gesellschaft Donaueschingen war Dr.Hans Buchmann.Dank seines Engagements,wuchs die DJG schnell zu einem Verein mit über 100 Mitgliedern an.Leider starb er schon knapp zwei Jahre danach.

Seitdem bin ich als sein Nachfolger Präsident der Verein.Mein Groβvater,Dr.-Ing Walter Lwowski,war zur gleichen Zeit beruflich in Japan tätig, als Saito in Europa weilte.

1921 ging mein Groβvater mit seiner Frau und vier kleinen Kindern,darunter mein Vater,nach Japan.Er begann als Direktor eines Konzerns in Yawata.Die Mitglieder der Familie Lwowski waren damals wohl die einzigen Europäer in etwa 100000 Einwohner zählenden Yawata.Dank der Briefe,die meine Groβmutter nach Deutschland schrieb und die alle erhalten sind,können wir Enkel den fünfjährigen Aufenthalt in Japan sehr gut nachvollziehen. So kam es,dass ich von klein auf mit Japan und Japanern aufgewachsen bin und die DJG Donaueschingen mit groβer Freude mitgegeründet habe.

Es sind 6 Jahre vergangen.Um den Donaueschinger Bürgern das Land Japan zu vermitteln,haben wir uns sehr bemüht und organisierte verschiedene Veranstaltungen. Als kultureller Höhepunkt möchte ich das Trommelkonzert der Gogawadaiko und Wakko nennen.Besonders wichtig ist uns bei diesen Auftritten der persönliche Kontakt zwischen den Bürgern Donaueschingens und den Japanern.Deshalb baten wir der Gruppe „Homestay" an.Es ist nicht einfach Gastgeber für so viele Leute zu finden.Aber ich bin der Meinung,der persönliche Kontakt ist das Wichtigste.Die sich daraus ergebenen persönliche Beziehungen haben u.a.dazu geführt,dass ein Donaueschinger Jugendchor
mit 36 Mitwirkenden eine Chortournee in Japan durchführen konnte.Die Begeisterung des Konzert,die wir von der Trommelgruppe in Donaueschingen bekommen haben, haben wir mit nach Japan genommen.Ich hoffe,dass wir die menschliche Beziehungen zwischen Japanern und Deutschen immer mehr vertiefen können.

「ドナウエッシンゲンそして日本と和太鼓」

独日協会ドナウェッシンゲン
ヴァルター・ロボボスキー

日本でももっとも有名な詩人、斉藤茂吉は、一八八二年山形県上山に生まれました、彼は東京で医学の勉強の傍ら、詩を書き始めています。

一九二二年に日本政府任命にて客員教授としてウィーンとミュンヘンに滞在しました。ウィーン滞在中に美しいドナウ川に魅せられ、彼は、一九二四年ドナウの源泉をたどります。訪れたドナウエッシンゲンの風景は、彼のふるさとを思い出させ、そこで彼は十六の短歌を書いています。

七十年後、上山市は、斉藤茂吉がたどった地を思い出し、ドナウエッシンゲン市に姉妹都市のお話をもってきました。ドナウエッシンゲン市もこの話を喜んでお受けし、一九九五年調印の運びとなり、こうして日本との関係が深まる事になりました。同時に独日協会も成立され、日本とドイツの友好関係の為に日夜尽力している次第です。

独日協会の初代会長は、ハンス・ブッフマン博士でありました。彼の尽力ですぐに一〇〇名ほどの会員を持つ協会となりましたが、残念ながら、氏は、協会設立後二年で他界されてしまいました。その後の現在まで、私、ヴァルター・ロボボスキーが会長役を務めております。

私の祖父は、丁度、斉藤茂吉がヨーロッパに滞在していました時代、一九九二年に仕事の関係で妻と私の父を含む小さな子供四人を連れ、日本の八幡に滞在しておりました。当時一〇万人の人口を持つ八幡では、唯一の外国人家族だったそうです。幸いに祖母がまめにヨーロッパに宛てた手紙が残っていますので、孫にあたる私でも、五年間に渡る日本滞在の詳細がよくわかります。私は、日本の事を小さい時からきかされて育ったゆえ、独日協会が設立されるにあたっては、喜んでお手伝いを申し上げました。

独日協会の活動がはじまってから、六年が経ちました。地元の住民達に日本を知って頂く為にいろいろな企画をして参りましたが、その中でも、島根・京都から来て下さった太鼓の皆さんのコンサートは、ハイライトでした。常に心がけている事は、地元の人々と日本人の直接なる交流を大事にしたい事です。だから、あえて皆さんにホームスティをお願いしました。何十人からなるグループをホームスティ先に迎え入れるには、大変な作業があります。

しかし、人々のつながりが一番大切な事と思うのです。人との出会いがあったからこそ、私も属している地元のコーラス団36名と供に日本でコーラスツアーを実現できたわけです。私たちが、ドナウエッシンゲンで江川太鼓さんから受けた感動のおかえしをそのコーラスツアーで日本でして来ました。これからも、日本人とドイツ人とのつながりを大切にしていきましょう。

Birgit　Ｌutz
Donaueschingen

Unsere Eindrucke mit zwei Mitgliedern der Trommlergruppe Gogawa Daiko aus Japan

Es begann mit einer kleinen Meldung im SÜDKURIER,unserer Tageszeitung im Raum Donaueschingen. Für den Aufenthalt der japanischen Trommlergruppe Gogawadaiko und Wakko suchte die Deutsch-Japanische Gesellschaft in Donaueschingen noch Unterkünfte.Wir sahen darin eine Chance für uns.Denn für uns ist die ganze Welt ein Land,und alle Menschen sind seine Bürger.Da wir nicht die Mittel haben, um so weit zu reisen, konnten wir etwas von einer der ältesten und interessantesten Kulturen „ hauthah " erfahren.Damit wollte ich meinen Kindern Hardina und Kay auch ein Beispiel für Gastfreundschaft geben.Und ich wollte ihnen vermitteln, wie wichtig es ist,Sprachen zu lernen,damit man sich mit anderen Menschen verständigen kann.

Von den Japanern wusste ich nur, dass sie sehr fleissig und sehr höflich sind.Allein das hat mich schon gereizt, dies selbst einmal zu erleben.Die Spannung wuchs,je mehr der Anreisetag näher rückte. Da ich die japanische Küche bisher nicht kannte, erkundigte ich mich, was die Japaner essen. Es war ein schönes Gefühl, als wir endlich abends zum Bahnhof gingen,um die Gäste im Empfang zu nehmen.

Von Anfang an konnten wir uns verständigen. Mit Englisch und viel mit Gesten und Blicken.Und die Höflichkeit hinterließ auch bei uns ihre wohltuenden Spuren.Das gemeinsame einander Zunicken vor dem Essen wurde auch von den Kindern übernommen.,

Und dann kam das Konzert. Dieser ungewohnte Rhythmus,diese ungeheure Kraft und die Ausdauer, mit der die Frauen und Männer die Trommeln schlugen, hat mich tief beeindruckt. Die Stücke vermittelten die ganze Tradition, Sich mit diesen Instrumenten zu verständigen. Die Musikerinnen und Musiker schafften es,das ganze Spektrum der Gefühle rüberzubringen.Von zarten und lieblichen Klängen bis hin zu großen und gewaltigen Akkorden,die aber auch etwas Drohendes inne hatten,von leisen Flötentönen bis zum Trommelwirbel.Wie die Akteure von oben,von unten oder von der Seite die Trommel schlugen, alleine oder zu mehreren,war ein gewaltiges Schauspiel.

Nach dem Konzert durfte mein Sohn Kay auch noch auf der Trommel schlagen. Er spielt Schlagzeug,für ihn war es eine besondere Freude.

Schnell vergingen die Tage.Als der Abschied nahte, blieb ein kleines bisschen Wehmut zurück. Wir hatten unsere Gäste lieb gewonnen.

「我が家にやってきた二人の日本人」

ブリギット・ルッツ
ドナウエッシンゲン

それは、ドナウエッシンゲンの地方紙スードコリア新聞から始まりました。独日協会ドナウエッシンゲンが日本からの太鼓グループの為のホームステイ先の募集記事を載せていました。私たちは、この記事を読んだ時、チャンスだと思いました。なぜなら、私たちは、以前から日本には興味があり、日本人もドイツ人も同じ地球に住む地球人という考えを持っていて、それを確かめるいい機会と思ったからです。

でも、今の私たちに日本旅行をするほどの金銭的余裕はない、古い歴史を持ち、興味深い文化を最も近くで知る為に彼らを迎え入れる事は、いいチャンスだと思いました。娘ハルヂナと息子カイに違う国の人々をお客として迎え入れるという事を学んで欲しかったからです。言語を学ぶ事はいかに大事であり、それによって、文化の違う人々と理解しあえる事を知って欲しいと思ったからです。

日本人について私が知っていた事は、真面目で勤勉、とても礼儀正しい事。これだけの理由で、私は、一度、日本人の人々と会って見たいと思っていました。家に日本人を迎える日が近くなると少しずつ落ち着きがなくなっていきました。なぜなら、日本食などそれまで知らなかったから、彼らは、一体何を食べるのだろうなどと考えてしまって、問い合わせたりしました。二人のお客を迎えに行く為に、夜、駅に向かった時の気分は、とてもワクワクしていました。

始めて会った時から、私たちは、お互いに気持ちが通じ合い、英語や沢山のゼスチャーや目で相手を確かめ合いました。彼らの礼儀ただしさも家に残されて行ったような気がします。食事をする前には日本人の礼儀でもある「合掌、いただきます」を子供たちは今でもしています。

コンサートの時がやってきました。未知なるテンポ、すごい力と忍耐、女性も男性も一心に太鼓を叩く姿は、深く心を打ちました。太鼓を叩く彼らは、感受性の多様性を観客に伝える事ができました。優しさ、いとおしさ、ど迫力ある音まで、静かな笛の音から太鼓の渦の音まで、上から下から横から一人で、そして大勢のメンバーが一緒に太鼓を打つ姿は実に見事でした。

コンサートが終わった後、息子のカイが太鼓を叩く機会に恵まれました。彼は、打楽器を演奏するので、それはそれは、彼にとって嬉しい体験となりました。

あっという間に日が過ぎていき、お別れが近づき、ちょっと悲しかったです。私たちのゲストは、家族にとって愛しい人達となっていたのでした。

《ひまわりの感動話パート1》

日本太鼓公演というものを、私は、ドイツの地にて初めて目にしました。それは、日本の有名な太鼓のプロで世界各地で公演しているグループです。開演したかと思ったら、幕が一挙に落ちて、とてつもなく大きな太鼓を四人の褌姿の太鼓打ちがたたき始めるというものでした。

彼らの身体は、均整がとれ、必要な所に必要な分だけ筋肉が付いています。本当のからだの美が大太鼓の前に光っていました。太鼓の音が、地響きのように足元から襲ってきました。

身体中に鳥肌がたちました。〝これが日本太鼓か〟周りのドイツ人たちも凝固してしまったかのように、身動きせずに目を見張っています。彼らも、感動というか、ショックというか、今までにない体験をしているに違いありません。太鼓公演は、始めから終りまで、全てが完璧と言えるくらい整っていました。かと言って、決して機械では、表現の仕様のない人間の原点を感じたのでした。

日本太鼓のその中に懐かしい日本精神が現れていたことは、私の頭から離れなくなってしまったのだと思います。

しかし、商業ベースでの太鼓のコンサートチケットは、高料金でとても誰もが気軽に買えるものではありません。どうしてもこの感動を皆にも知ってほしかったのです。それ以来、私は、ドイツの一般市民の為に何とか日本太鼓のコンサートを実現出来ないものかと考え始めていました。

江川太鼓、和っ鼓、鶴亀会の演奏を初めて目の前にするのがドナウエッシンゲンでした。ビデオで見ていたとは言え、どんな感じに演奏が繰り広がっていくのか、全く見当がつかなかったのですが、一曲目が終わり、あの感動が鳥肌となって帰ってきた時、自分の中にすでに企画成功の予感がしました。彼らの公演は本当に素晴らしい。それは、国境を越えて伝わります。多くのドイツ人たちが、何といっても、「彼らの公演の素晴らしさは、商業ベースにないところにある」と言います。どんなところにそれを感じるのかと聞いたら、「彼らが太鼓を通して私たちドイツの聴衆に〝日本文化を伝えたい〟という懸命さをひしひしと感じられる。だから、彼らの笑顔や輝く目、太鼓を打つ姿が、プロにも勝るのだ」と言いました。

この時、アマチュアであるからこそ、プロに勝る演奏が出来ることもあるのだということを知りました。

色々なハプニングを超え、海を渡り、シベリアの上空を飛んできてまで、協力してくれる日本太鼓グループを見つけることが出来たのは、ただの偶然ではないような気がします。日本文化促進のため心から頑張ってくれようとしている彼らに出会えたことを、すでに初めての公演都市ドナウエッシンゲンで、心より神に感謝していました。

私は、責任者兼、一観客として今後公演を見ていくつもりだったのでしたが、いつの間にか、叩いていただく彼らに演出家のごとく、あーしたほうがいい、こうしたほうがいい、と注文を付けてしまっていました。太鼓の夕の字も分からぬ者からあーだこーだとアドバイスをされるのは、どんな気持ちだったでしょう。もっとも、挨拶は全員で揃ってとか、ぺこぺこするなど、主に演奏以外のことですが、そのせいか、しまいに孝などは、舞台から投げキッスを返すほどになってしまいました。でも、「恵子さんは、素人だからこそ、鋭いのだ」と、私の注文に耳を傾けてくれた彼らの謙虚さに感謝します。結果的には、どんどん素晴らしいものになったということでお許し頂きたい。

また、いつからか忘れましたが、気が付くと、私は、照明係にもなっていたのです。というのは時間の関係上、公演のほとんどが、ゲネプロ無しの本番でしたから、会場付きの照明係には、どの様に演奏が展開していくのかが分からなくては、照明のアレンジの仕様がないと言わた。ごもっともな事ではあったが、全く計算に入っていなかったことだったので、〝えっ、照明係、誰がするの？〟と言った感じで、驚きましたが、驚いたところで周りを見回しても誰も居ない。やっぱり、便利屋が登場しなくてはならないはめになりました。急いで、使ったこともない照明器具の説明を教わり、その後三年にわたっての公演中は、ずっと照明係を担当。お陰で、照明のありがたさを勉強しました。

私たちの生活上、照明は、普段あまり気にしません。暗くなりすぎたり、明るくなりすぎたりして、初めて意識するものですが、照明の協力無しでは、公演できないことも実感しました。今は、コンピューターで、一人でも操作できる所もありますが、体育館の様なところの照明は、一人ではこなせないし、何といっても他の照明係を手伝ってくれた人々との意思の疎通が大変でした。トランシーバー等の連絡器具が無かった会場など、丸やバツや身体一杯使ってのジェスチャーを用いてやったのですが、他の人が見たら、太鼓の公演と同じ位興味深いものだったはずです。スイスに行ったときなど大使館文化局のウェーバーさんにも照明係をお願いすることになり、恐らく彼女もそんなことは大使館職員としては、かつてない体験だったと思います。

『カールスルーエ』平成十年七月十八日

黒い森をぬけて走ること三時間、カールスルーエに到着です。カールスルーエは日本で言う城下町にあたり、黒い森の始まりに位置しています。宮殿を中心に扇形に町並が整備されています。街の風情は昔そのままですが、市電が走り（市電には公演中大変驚かされる事件にあいました）デパートも立ち並び近代的で、ドイツの最高裁判所や、原子力研究所、歴史を誇る工科大学もあります。

ここでの公演は、野外のテントステージで、マルクト広場という市の中心の広場が国際交流祭りの本日の会場で、カールスルーエの独日協会がお膳立てをしてくださいました。まずはホームステイ先の方々と御対面。私のホストファミリーは、本日のお祭りの責任者で、挨拶もそこそこに忙がしそうにされています。それから公演までの数時間はフリーで、ここで、三々五々と別かれましたが、その間私は恵子さんがある人を紹介してくれるのを待っていました。ドイツに来る前、恵子さんにドイツで太鼓を叩いている人がいれば、紹介してほしいとお願いしてありました。今日はそのグループの人達が遠くはデュッセルドルフからカールスルーエまで（三百キロメーターの遠方から）見に来ることになっています。ドイツではプロとして活躍されている方々で、グループ名は「てんてこ太鼓」。そのリーダーのドイツ女性と原さんという日本女性が観に来てくれることになっていました。リーダーはドイツ人で日本語ができないので、原さんに通訳として間に入ってもらい、話をしていただきました。その中で、私たちと同じ演目が彼女たちのレパートリーにもある事がわかったので、原さんに本日の公演で一緒に叩いてもらえますかと無理にお願いして、私の法被を着てもらい、急遽飛び入り出演して頂くことになりました。

多少打ち合わせがいるので、待ち合わせ時間を決めて分かれました。私は少々疲れ気味だったので、恵子さんとご主人のベンハートさん（この公演から同行してもらいました）が泊まるホテルで休憩させてもらいました。

夕方五時、打ち合わせの時間です。公演一時間前に打ち合わせをしてうまく合うかどうか心配です。原さんと一緒に叩く曲を最初から流してみましたが、なんとかなりそうです。原さんも不安気味でしたが私たちに付き合っていただきました。

今日も、昨日と同じ演目ですが、ステージが狭いので、ステージの下と上に分かれての演奏です。そして、今日は「中国太郎」の時に、長岡の若者に負けないようにお客さんにも参加してもらおうと考えました。曲中で、「わっしょい、わっしょい」とかけ声を掛け合うところがあります。そのかけ声をお客さんとやろうというものです。ところがいざやってみると、思うようにかけ声を掛けてくれません。何か言おうとしてくれてはいるのですが、観客の方から声が出ません。何回かかけ声を繰り返したのですがだめでした。恵子さんに聞くと、言葉が分からなかったことと、外国語での意味の分からないかけ声というものは、ドイツ人には難しいということでした。

また、「大花火」の曲の時、南部君がソロを叩いて、例のお客さんとの手拍子の掛け合いをしたとき、南部君がよくできたという意味でオーケーサインを出しました。私たちがよくする親指と人差し指を丸くくっけるやつです。その時のお客さんの反応が何かしら変でした。これも後で聞くと、ドイツでは相手を侮辱する時のサインで、このサインを出すと警察ざたか殴り合いが始まるという代物でした。文化の違いをまざまざと知りました。こういうことは、早く言ってよ、恵子さん。

「原さん日記　～はじまり編～」

１９９８年６月、私の住むデュッセルドルフのある日本人向け新聞の「告知板」欄に次のような記事が掲載されました。

太鼓公演のお知らせ　　島根県江川太鼓
７月１７日（金）　２０：００　　ドナウエッシンゲン、ドナウハレ
７月１８日（土）　１７：００頃　カールスルーエ、マルクト広場
７月１９日（日）　１５：００　　バット・クロチンゲン、クアハウス
問い合わせ：在シュトゥットガルト名誉総領事館
ＴＥＬ：０７１１―１２７―７７９９

自分は96年に和太鼓を始めたばかりで、何でも聞いてみたい、見てみたい時でした。行ってみようかどうしようかと迷っていましたが、結構遠いし、そこまで行くこともないかと思っていました。

ここドイツでは和太鼓に接するチャンスと言うのはほとんどなく、あっても鼓童、鬼太鼓座などプロのコンサートが中心となります。興味もあり、かなり迷っていた矢先、我が「てんてこ太鼓」のリーダー、Monika Baumgartlの所へシュトゥットガルトの名誉総領事館から直接招待状がきました。

Monikaが行くと言うので結局それに便乗する形でカールスルーエまで行く決心をしました。決心と言うと大袈裟ですが、カールスルーエまでは約360㎞、特急で3時間半はかかります。公演は夕方で、ホテルも取らねばならないし、コンサートやオペラ、その他博覧会などの催物がほとんど自分の街で堪能できる環境に居ると、結構億劫なものです。

18日は早めにデュッセルドルフを出発し、昼前にホテルにとりあえずチェックインし、マルクトプラッツなるところに向けて行きました。江川太鼓の岩野氏の第一印象は何と言うか、角刈り頭に色の濃い小さいサングラス、かなり恐く、迫力でした。

うちのチーム名を聞かれ、Monikaが答えると、「えーっ、へんてこ太鼓?」と言う返事が帰ってきて、私としてはとっても嫌なチーム名に今更ながら怒りを覚えたものです。ドイツ人の感覚でチーム名をつけないでほしいと、いつも思うのです。蛇足だがオランダにも「花どん」と言う女中さんとも丼物ともつかないチーム名のグループがあります。イギリスの「無限響」と言うチーム名はいかしていると思うのですが。

話しをしているうちにレパートリーの話題になり、何かの弾みで「三宅」の演奏に入れてもらう事になりました。お陰でメンバーの皆さんに急に近ずく事ができたような気がしています。衣装も貸してもらい、演奏のために貸りたはずの遠藤さんの作りたてのバチも貰ってしまいました。

演奏後、恵子さんの御好意で打ち上げにも参加させてもらい、連絡先の交換など十分にできました。これがもとで1999年、2000年の「江川太鼓・和っ鼓ドイツ公演」に参加させてもらう事になるとは全く予想もしていないことでした。

さて極めつけは、「市電事件」です。中国太郎の演奏中、ステージすぐ横に市電が走っているのですが、止まったまま動かないことに気がつきました。なんと、運転手が我々のコンサートを見たくて、停車して見ていたそうです。お陰でお祭り広場の回りに市電の行列ができてしまいました。でも、乗ってる人も楽しそうに窓から顔を出して、リズムに乗っていました。日本なら、非難囂々《ごうごう》でしょうねー。これも国民性のちがいかも。

アンコールをもらいました。アンコール曲を終えてもなり止まない拍手。その頃にはお祭り広場のずーっと奥のほうまで人、人、人、です。ていねいに頭を下げて、ステージを下りました。

終わってしばらくして、皮のジャンパーを着たいかつい兄ちゃんが私の所に近づいてきました。アンコールに十分に答えなかったので、文句をいいに来たのかと尻ごみしていると、何か、ドイツ語でまくしたててきます。やっぱりそうだ、これはしばかれる（なぐられる）と思いました。

恵子さんに助けを求めると、なんと、CDがないかということでした。私たちのCDなんてありません。丁重にお断りしました。でも本当に恐かった。公演中もステージの前のほうでやはり、こわ面の人たちがビールを飲みながら私たちの演奏を、リズムを取りながら聞いていましたが、恵子さんも恐かったのか、急遽、私服の警官をステージすぐ横に目立たないように手配して座ってもらっていました。でも、何事もなく、刑事さんたちにも演奏を楽しんでいただきました。何せお祭りですから、何が起きるか分かりません。

「上戸さん日記　～市電事件と原さんと言う人～」


前日までいたドナウウェッシンゲンは静かな街だったけど、カールスルーエは人も沢山いて、市電も路面を走り、とてもにぎやかな街です。

市庁舎前のお祭り広場には各国の屋台が並でいます。そこで腹ごしらえをして、今夜泊めてもらうウースラーさん宅へ行きました。私の泊まった部屋はこれでもかーーっ！というくらいに和風でした。のれん、書、短歌、ミニチュアの和風庭園、茶の湯の道具。あらゆる日本風のものがそこらに飾ってあります。ベットにごろ～んとなると天井には電気に傘……。ウースラーさんは、日本大好きおばさまで、乗ってる車もホンダ・シビックと言う徹底ぶり、すごい。

かなり、日本を理解してくれていると思いましたが、私たちを理解するのは難しかったことやろうなぁー。私たちがたどたどしい英語を使うので、今回お世話になったホスト・ファミリーの中で一番理解に苦しんでたのはこのおばさまだと思う……（それでも翌朝、腹痛を訴える私にお腹に良いから、と、カモミールＴｅａを入れてくれた。じ～ん）。

さぁ!!　本番だー!!　いつの間に集まってきたのかこの人だかり。とにかく人、人、人！！　演奏する私たちのすぐ目の前に人がいる。ついでにちと恐いモヒカンのお兄さん達もいる！　三人ばかし。彼らは見かけはかなりやばいのにどっかり一番前にあぐらで座り込んで体はノリノリひざでリズムをとってくれている♪♪けど、実は彼らを用心して、私服の警官をつけると言う対策が急遽とられたらしい。

さて、和っ鼓三人娘は「西馬音内（にしもない）」と言う曲でスタンバイ。観客の奥からねりこんでくるはずが、さっきまで通路だった所は客席となり、前に進めない〜。ドイツ人のでかい背中の隙間からステージの上の「三宅」がようやく見えました。オオ〜!!　今日は一段と燃えている〜。それもそのはず、原さんと言うドイツ在住の太鼓打ち（女性）が江川太鼓のメンバーに交じって「三宅」を演奏しているのです。テンション高かったねー岩野さん!!

　この後、最高に楽しかった「かがり火」。江川太鼓の「若鮎」の曲中で演奏するのですが、「若鮎」が盛り上がってて、「かがり火」になった途端ボリュームがダウンするにも関わらず、くるくるとバチを回してすぐパチパチと大きな拍手が湧いたのです。すっごーく気持ちよかったぁー。人の視線をこんな間近で感じたことはない！（太鼓のときは）もうドキドキして、興味シンシンの目で見ています。その気がドーッと押し寄せてきて、嬉しくてたまりませんでした。後は上の空でよく覚えてません。江川太鼓さん、ごめんない。

　さて、「三宅」で活躍した原さんは体はがっしり、むっちり。少し、私たちの友人を思わせるさばさばした口調、なのにベタベタの関西弁。これがまた私ら関西人には嬉しい。「三宅」のリハーサルを見てたらすごい。男なんだなあ。姿とか魂が！　かっこいい。

マンガ by 上戸

「三宅」はかなり叩き込んでいるようで、翌朝、彼女にカメラを渡し、集合写真を撮ってもらったら、足がしっかり「三宅」の演奏ポーズだった……。彼女のタフなかまえは皆の笑いを誘い、とてもいい写真が撮れたことでしょう。

《ひまわりのドイツもこいつもばなし　その3》

「ドイツのエチケット、日本のエチケット」このテーマは、よく異文化ゼミナールの時にテーマになることですが、教えてもらわないと、気が付くまでに相当な時間を要し、早く言って貰えれば、誤解や不可解感を防げたろうにと思うことも多くあります。日本企業も、社員をもう少し教育してからドイツに送ったらいいだろうにと思うほど、失礼に当る行為がしばしば見受けられます。また、このエチケットに関して注意するという事には第三者としては、結構、勇気が必要なものです。ここでは、これからドイツに来る人たちにとって参考になるかと思ういくつかを紹介します。私も誰かに言われるまで実に長い時間失礼していたのだというような、個人的に体験済みのものも多くあり、色々と書き切れないほどありますが、特に気をつけたほうがよいと思われる事を挙げてみます。

(1)日本人は、兎に角、ドアの開け閉めの音がうるさいようです（引き戸の文化、ドアの文化ちがい）。

(2)ドイツでは、大人の世界が成立しているので、子供をどこへでも連れていけるわけではなく、子供を連れていったとしても好き勝手にさせません。ドイツ人が子供と犬の躾には厳しいというのは、本当で、子供も犬も早くから大声を上げていい所といけない所を見極めています。子供がレストランや教会やコンサートでぎゃーぎゃー騒いでも平気な日本人の親が実に多いのです（狩猟文化、農耕文化のちがい）。

(3)靴やスリッパを引きずらない。数年前に流行ったルーズソックス族の歩き方は、ドイツ人の目から見ると奇異に見えるのです（草履文化、靴文化ちがい）。

(4)トイレを汚したら備え付けのブラシで掃除をしないと、すぐに日本人が入っていた事が分かってしまいます。

(5)食事の時、ぐちゃぐちゃ噛まない、げっぷなどドイツ人から見ればおならに近いものに思えます。スープを飲む時音を立てない（ラーメン、そば、うどんを食べるときはドイツ人が居ないのを確認してから）。

(6)鼻水は、すすりあげずにすぐかむ（ドイツ人には、何をかまずにもったいぶっているのか分からないと言います。だからといって、レストランであろうが、人が食事中でもお構いなく鼻をかみ始めたりするドイツ人にも驚きますが）。

(7)公共の乗物でベビーカーを引く人には協力する……などなど。

カールスルーエでのコンサートは、聴衆が演奏者の目の前まで迫って陣取っていました。その前列を占めるのが危なそうな人たちでした。南ドイツは、幸いなことに旧東ドイツに比べると右翼の動きが激しい訳ではありませんが、右翼でなくても、パンカーなり、アル中なり、浮浪者たちが多くいます。危なそうな人たちが、ビール片手に太鼓の音頭をとっていたので、心配はいらないとは思たものの何が起こるか分からない世の中であるゆえ、私服警官を急いで手配し、何かあった時にはすぐ対処できるようにしておきました。演奏中も私は、太鼓の演奏よりも彼らの行動に気がとられていましたが、突然、危ない人たち二人が演奏中に立ち上がったときは、来るかーーーーと思いましたが、どうやらトイレだったったらしい。ほっ。結果的には幸い考え過ぎで終わりましたが……。

日本人が直接大きな被害を受けたわけではないにしても、ニュース等で右翼の激しい動きが報道されると、やはりわれわれ外国人として緊張せずにはいられません。しかし、日本で誇張して報道されるドイツの右翼も、ドイツ社会の中では、ごくごく一部の人たちであって、ほとんどの人々は普通の人たちであることを忘れないでほしいのです。ドイツ人たちは、ヒットラーのユダヤ人排斥で犯した過ちを戦後、悔い、償ってきています。「ヒットラーの国」というイメージからやっと抜け出たのに、それを再び右翼によって崩されていく事を一番恐れています。

ドイツは、一九六〇年代ぐらいから七〇年代にかけて、政治亡命者や、経済成長の為に多くの外国人を受け入れてきました。外国人がこのドイツの地に住み始め、外国人（ガストアルバイター）として働いてきましたが、当時、すでに「３Ｋ」の仕事をするドイツ人がいなかったのです。しかし、一九九〇年代後半まで〝ドイツ人の仕事を奪う〟と外国人は忌み嫌われていたのは本当です。しかし、彼ら外国人（ガストアルバイター）は、忌み嫌われるほど、本当にドイツ人たちの職場を奪っていたのでしょうか？

現在であれば、二、三世の時代になって優秀な外国人の子弟もたくさんいますが、確かに年々外国人の率が高くなって、小学校など、クラスの中で生粋のドイツ人の子供が三分の一以下という所も多くあります。ドイツ人たちの焦りの気持ちも分かります。しかし、二十一世紀を迎えた今、ドイツ社会も素直に外国人を認めなければならない時代が来たのです。なぜならば、外国人の子供なしでは、将来のドイツの国がすでに成り立っていかないのです。誰が、年老いたドイツ老人の面倒を見るのか、それは、外国人でもあることはもう避けられない事実ですから。

私が住んできた十五年の間、色々なドイツ人と出会いました。人間はどこでも一緒です。姿、形が違っても、良い人も居れば、悪い人も居る、お人好しも居れば、意地悪もいる。そして、全体的に見ると、ドイツ人は根が真面目で、よく日本人に共通するところがある。が結果論といったところです。

ドイツ語が出来ないときは、言葉よりも感覚で人間を探るものなのか、良い人と悪い人が逆によく分かるものです。良い人は、言葉が出来なくても同じ人間として扱ってくれ、悪い人は、言葉が出来ないことによって人を雑巾の様に扱います。正直言って、私の見たところでは、ドイツには、いい人と悪い人のグループにはっきり分かれるような気がするのです。悪いドイツ人に出会うと必ずよいドイツ人が助けてくれる、そんな体験を重ねてきました。

意地悪な人はどこにでもいるけれど、ドイツには意地悪婆さんが多く存在します。淋しいと人間は意地悪に走るものなのか、日本のようにデイケアサービスでもあれば、少しは年寄りとて楽しみがでてくるだろうに、独りぼっちで家に閉じ込もり、隣の家の行動に全集中力を注いでいる年寄りがドイツにはなんと多い事でしょう。

私は、二回ほど集団住宅に住んでみましたが、規則から外れる出来事があると、必ず犯人として外国人である私があげられました。これまた、私に嫌疑をかけるのが必ず、ヒットラーにまともに教育された婆様たちなのです。恐いことだ、戦後、悪いことを犯したことは国として大きく反省されたものの彼女たちの、心の奥まで完全に掃除することはできてはいないことを多くのドイツ人たちは気づいていません。右翼のように、目立って外国人を排斥する運動は起こさないにしても少なからずも違う形で外国人を嫌がるドイツ人が居ることも立証できない事実です。

一時間半予定の公演が二時間以上を過ぎて終わりました。てんてこ太鼓のリーダー、モニカ・バウムグッテルさんに誉めていただき、原さんも満足そうでした。原さんはこの共演をきっかけに、私たちの仲間入りをし、二年目のドイツ、三年目のドイツと、一緒に旅をしています。彼女は、デュッセルドルフに住んでいるのですが、二年目の合同練習には川本にも来ていただき、友達の輪が広がっています。

その日は、世話をしていただいた独日協会カールスルーエの方々と一緒に食事をし、夜遅くまで騒ぎました。私のホームステイ先の方は、夫婦で実行委員会の長をしておられ、大変お疲れの様子だったので、私は、恵子さんたちと同じホテルに泊まることとしました。今日の相棒は山根剛でしたが、騒がずに寝てしまいました。

Dr. Eva Paur
Deutsch-Japanische Gesellshaft Karlsruhe e.V.

Sehr Geehrte Damen und Herren,

Dis DJG-Karlsruhe ist ein Zusammenschluβ von ü ber 130 Freunden Japans und der japanischen Kultur. Eines unserer wichtigsten Ziele ist es, unseren Mitbürgern neue Seiten Japans vorzustellen, und so Vorurteile abzubauen. So führen wir nicht nur traditionelle Künste wie Teezeremonie oder Kalligraphie vor, wir möchten auch zeigen, dass es in Japan fröhliche Menschen mit ungewöhnlichen Hobbys gibt. So haben wir z.b. eine groβe Ausstellung mit japanischen Flugdrachen auf die Beine gestellt, in deren Rahmen die vielen Tausend Besucher nicht nur die Möglichkeit hatten selbst Drachen zu basteln, sondern auch die japanischen Drachenfeste und Drachenbastler kennenlernten.

Ein denkwürdiges Ereignis war der Auftritt von Gogawa Daiko auf dem Karlsruher Marktplatz im Rahmen des Festes der Völkerverständigung 1998. Auf dem überfullten Marktplatz konnten über tausend Karlsruher Japan von einer ganz neuen Seite kennenlernen. Mit ihrem groβartigen Konzert versetzten die Trommler alle Zuhörer in eine fröhliche Stimmung. Auch noch heute, 3 Jahre später, werden wir auf dieses Konzert ange-sprochen mit der Bitte es noch einmal zu wiederholen. Deshalb hoffen wir, dass die Gruppe Gogawa Daiko anlässlich des zehnjährigen Bestehens der DJG-Karlsruhe im Jahr 2003 wieder bei uns zu Gast sein wird. Wir möchten sie heute schon recht herzlich einladen!

Mit freundlichen Grüβen

Dr. E. Paur

「江川太鼓のこと」

独日協会カールスルーエ
Dr.パワーエヴァ

独日協会カールスルーエは、日本や日本の文化の親交者一三〇名から成り立っています。協会の役割として大切な目的の一つに、地元の人達に日本の新しい面をお伝えし、今までの偏見を取り除くことです。具体的には、伝統的な日本文化のみでなく、日本にも楽しい人達がいて、人とはちょっと違った趣味を持っていることを見せたいのです。例えば、凧の大展示会などを計画し、訪問者たちが、自分達で凧を作るのみでなく、凧を作る人達と知り合う機会を作ってきました。

中でも重要な体験であったのは、1998年のカールスルーエ国際交流祭りの中の一環で江川太鼓と和っ鼓のカールスルーエのマルク広場での日本太鼓公演でした。何千人という地元のカールスルーエの人で、マルクト広場が一杯に埋められ、彼らは、全く新しい日本の面を目の前に見せたのでした。太鼓演奏者達は、この素晴らしいコンサートで、聴衆を陽気な気分にさせてくれたのでした。いまだに、あれから3年もたったと言うのに、もう一度、彼らのコンサートを再現して欲しいと多くの人に言われるのです。よって、私たちの協会設立にあたり10周年の2003年に、皆さん又私たちの街に来て下さい。

皆さんを今から心よりお待ちしております。

敬具

『バット・クロチンゲン』平成十年七月十九日

翌朝、ホテルでジャーマンコーヒーを飲んで集合場所へタクシーで行きました。次の目的地、バットクロチンゲン市の方々が、車を連ねてすでにカールスルーエまで迎えに来てくださっていました。アウトバーンをフライブルグに向けて南下すること二時間、スリリングな運転で冷や汗ものです。ドイツ滞在中何度かアウトバーンを走りましたが、時速無制限の区間は限られています。それを無視してスピード狂の車のオーナーが走っているとパトカーがどこからともなく現れて（これは日本も同じですが……）たちまちカーチェイスの始まりです。逃げるはフェラーリ、追いかけるパトカーはポルシェ。それはそれはすごいスピードです。車好きの私にとっては、追っかけたくなるような光景でした（実際には無理ですが……）。

本日の会場は温泉保養施設のなかにあるホールです。まずは会場の下見。会場の下見は結構気を使います。どこがどんなふうになっているか。どこから出ればお客さんが喜ぶかなどなど。今回は、中庭が芝生で奇麗なのでそこから出る演出にしました。公演が始まるとここでもすごい拍手で迎えられました。私はこの公演で初めて三味線を披露しました。ステージの中程に座り、緊張しながら調弦を始めようとしました。すると、お祖父ちゃんがカメラを手にトコトコと私の前まで来て写真をとろうと構えました。私は思わず三味線を片手にピースサインで応えました。会場が笑いに包まれ、私自身の緊張もほぐれ、いい演奏ができました。この日は休憩が入ります。二部が始まっても、ノリノリはおさまりません。アンコールは、ステージから下りてお客さんの

ステージからおりて、お客さんと

間を行ったり来たりでこなし、楽しいひと時でした。

二時間の公演がようやく終わりました。ここでもまた青年がやってきて、ＣＤはないかと言っています。残念ですがありませんとお断りしました。後ろ姿が寂しそうでした。かたずけをしていると独日文化協会フライブルク会長のキクさんという人、彼女は生粋のドイツ人でもあるのに日本名を持っておられる年配の方です。彼女はお父様の仕事の関係で北海道で生まれ、幼少時代を日本で過ごし、古きよき時代の日本を知っている貴重なドイツ人の一人で、日本から勲章ももらっているそうです。

その彼女が、嬉しそうに飛んできて、今日の夜、フライブルグの音楽祭に特別ゲストで出ないかと言われました。なんでも、公演をテレビ局の人が見て、出演しないかと言ってきたそうです。フライブルグ音楽祭はドイツでは有名で、ドイツ全土にテレビ放送をしているそうです。一カ月も音楽祭は続いていて、今日が最終日だそうです。

疲れていましたが「出ましょう」ということになったのですが、トラックの手配が付かず残念ながら結局ボツになりました。

かたずけが済むと、ホームスティの方々が待っておられました。紹介されたのはモニカさんという方で、ご主人は警察官です。細川さんが本日の相棒です。あの怪しい東洋人です。早速、家に連れていってもらいました。ご自宅は平屋建てで、中に入って通された部屋は地下のゲストルームでした。地下に、トイレもシャワーもあります。水を流すと、ポンプで汲み上げて排水する仕組みです。なるほど。それにしても、ゲストルームがあるなんてすごい。

一階に上がると飲物を勧められて、さっき収録されたばかりの公演のビデオをみんなで見ました。自分の姿に惚れ惚れしていると、あっという間に夕食の時間になりました。みんなで、先ほどの会場の外のレストランでディナーです。ドイツ料理のフルコースです。ホームステイの人たちやフライブルク文化独日協会の方々との楽しい外での夕食でした。そんな中どこからともなくケーキが運ばれてきて、遠藤夫妻のお祝いが始まりました。しばらくして、今度はチョコレートケーキが和太鼓の平さんの所へ来ました。本日は平さんの誕生日でもありました。おめでとうございます。

しゃ　しゃ　三味線だーっ！

Kiku Manshard
Präsidentin des Deutsch-Japanischen Kulturverein Freiburg e.V.

Das „Gogawa-Daiko“ Trommelkonzert im groβen Saal des Kurhauses in Bad Krozingen ist uns bis zum heutigen Tag in lebhafter und guter Erinnerung. Der Saal des Kurhauses war bis auf den letzten Platz besetzt,und ich spürte schon vor dem Konzert eine groβe Erwartungsspannung unter den vielen Gästen, die gekommen war, um in ihrem Leben die erster japanischen Trommler aus „Gogawa“ zu erleben.

Der Anftritt dieser Trommler-Gruppe wurde für uns alle ein atemberaubendes und überwä ltigendes Erlebnis. Die Faszination für uns alle waren die Harmonie, die Disziplin im Zusammenspiel die Konzentrationsfähigkeit und der körperliche Einsatz dieser Gruppe während ihres Konzertes.

Für uns alle, für die jungen und älteren Zuhörer war dieser Auftritt der „Gogawa-daiko und Wakko“ ein einmaliges Erlebnis und wir können nur hoffen, dass sie sehr bald wieder einmal in das Kurhaus nach Bad Krozingen zu einem Konzet.

【江川太鼓に魅せられて】

独日文化協会　フライブルク　　会長マンスハート・キク

バッド　クロッチンゲン、クアハウスでの江川太鼓の太鼓コンサートは、今日に至るまで私たちの中に、まだ生き生きと良い思い出として残っています。クアハウスの中のホール席は最後まで満席となり、コンサートが始まる前すでに多くの観客が、初めての日本太鼓を聞く為に大きな期待を持って来ているのを感じました。

太鼓グループの公演は観客全員にとって息さえも奪うまでの迫力ある体験でした。ハーモニー、伴に叩く場面での規律さ、集中力そして公演中の皆の体力に私たちは魅了されました。

若者も年寄りも年齢にかかわらず、聴衆の全員が江川太鼓と和っ鼓の公演で素晴らしい体験をさせてもらいました。そしてまた、バッド　クロッチンゲン、クアハウスでの公演再現ができるだけ近い機会に叶う事を願ってやみません。

細川さんはビールに飲まれてしまいました。ホームステイ先に帰って、すぐに寝てしまい、夜中にはベットに座って何かブツブツ独り言をいっています。やっぱり怪しい東洋人。それを目撃した私はしばし、その光景に見入っていました。お酒に酔っ払った人って、本当におもしろい。ちなみに内のメンバーで酒癖の悪い人は一人もいません。皆飲むと〝楽しい人達〟になります。細川さんは特に。彼の演奏はビールが入っているほうが冴えるんです。昔の太鼓打ちは一杯ひっかけて太鼓を叩いていたようで、そう言う意味では本当の太鼓打ちかも。次の朝、彼に聞くと何も覚えていないそうです。何とも不思議だ。

「細川さん日記　～ビールは友達～」

ビールをよりおいしく飲むためには「飲み始める一時間前から水分補給しない」ことです。ドイツビールは日本のビールに比べホップの量が多いと聞いていました。日頃飲みなれたビールに比べると、ドイツビールには、こくと甘みがあり、喉ごしが少し違うなという感じがありましたが、慣れてくれば「とてもおいしい」です。

ドイツに入って5日目？　公演も3回目？　と時差ぼけもなく、食事にも慣れ、なんと言ってもビールの味になじみ、公演も最高だったせいでビールが進むのも無理はない。私の飲みっぷりに、隣の人から「ワインもおいしいです」と勧められグイグイとやっていました。

そんな中で、花火の付いたケーキを持っていた平さん。○○回目の誕生日のようです。お祭りムードは最高、自分も幸せな気分となりました。

ワインを勧めていただいた方から「ビールとワイン、そんなに飲むと悪酔いしますよ」と忠告がありましたが「ビールがうまい、ワインもうまい」と………。

時間の経過とともに意識がなくなりました。

「細川さん、起きなさいみんな帰ったよ」遠藤さんの声でした。まわりを見渡すと、人影はなくテーブルも片づき自分一人椅子に座って熟睡していました。「ここはどこ、何してたかな」と自分の記憶をたどっているうちに、背筋に冷たいものを感じ、我に返りました。


「平ちゃん日記」

カールスルーエからバッドクロッツチンゲンへ（ドイツに来て4日目です）。

①バッドクロッツチンゲンってこんな所
カールスルーエでお世話になったホームスティ先の方々、その他たくさんの方とのお別れもそこそこに、もう横に次にいく先のバッドクロッツチンゲンの方々が私達を出迎えに来てくださいました。

けいこさん曰く「カールスルーエさようならバッドクロッツチンゲンこんにちわ！」車5～6台にわかれてアウトバーンを走りぬけ約2時間の移動です。

着いた所は緑がいっぱいお花もいっぱい、屋外ステージあり大きなホールあり温泉あり、めちゃくちゃステキな所でした。なんでもそこは保養所だそうで（これがドイツでは保険を使って使用できるらしい）仲の良さそうな老夫婦が大勢いらして、皆んなくっついてスローテンポの曲に合わせて踊っているのです。とってもいい感じでした。公演前には戸外で木漏れ日の中、サラダとフルーツを（ホントは肉類が欲しかった……）いただきました。

②さぁ　出番です！

さて今回3度めの公演は、なんと途中分の休憩をはさんだ60分×2の舞台でした。

前半　①木やり　②三宅　③西馬音内　④若鮎　⑤大花火太鼓

～休憩～

後半　①中国太郎　②まつり太鼓

アンコール　①アカバナ　②屋台ばやし

前半はシーンと静まり返った観客席に太鼓の音が響きわたり、「ヘェ―　和太鼓ってこんな音がするのかょ」という声が聞こえてきそうなほど、皆んな真剣に見入ってくれたドイツ人たち。途中新潟の大学生が観客を引き込んでの、パフォマンス付きの演奏のころにはすごい笑いと拍手がきて、あたたかい雰囲気にめちゃくちゃのりのりの私達でした。

③休憩中と後半

休憩に入り楽屋に用意されてあったお水をがぶのみ状態。容器に入れたあったお水が、そろそろからっぽになってきたころ、ホールの係りの人がやってきて空っぽになった容器をおもむろに、洗面用の水道の下につっこみジャーとその水をそそぎこんでいるのです。エッー!?　これって水道水やったん……⁉　一瞬、冷汗タラリンでしたが全員おなかの方は無事でした（ドイツはけっこうお水がきれいで水道水も飲めるのだ、とあとで聞きました）。

後半「中国太郎」では締太鼓に取り付けてあるちょうちんに、ろうそくをともしてスタートです。ふとみるとさっきまで観客席は確かテーブルがあって、そこに椅子席という形だったのに、休憩の間にそのテーブルは横にはずされ椅子だけを持ってきて、前の方までお客さんがずら〜りと並んできている。すごい人数が増えていたのです。うれしいーなぁ。

太鼓のリズムに合わせてアゴを振っている人や、手拍子や肩を揺らしている人などなどそれぞれに音を楽しんでくれていました。

④アンコール
屋台ばやしが終わった時にはもうわれんばかりの拍手・拍手・拍手とにかくすごい盛り上がりです。全員で前へ出て礼をすると主催者のうちの一人でお華の師匠が、女の子だけに一本ずつバラの花をくださって、私はなんだかそれがみょーにうれしかった。そのままアンコールの曲に突入してすごい拍手とスタンデイングオベイションの中、まるで鼓童みたい（ごめんなさい）という感じで、太鼓を叩いていました。

最後にこの方も主催者の一人で、日本に娘さんを嫁がしているという日本語ペラペラで、口紅が異様にピンクのおばさまが「本当にすばらしかった！」と言って涙を流されていた事が印象的でした。

⑤夕食タイムです

夜のパーティでは私達出演者と主催してくださった方々、そしてホームスティ先のファミリーも一緒に戸外でお食事をしました。ドイツでは夜11時くらいまでうす暗く、充分に戸外でのパーティも楽しむことが出来ました。

そこで食事をしていた私の席へ突然ケーキが運ばれてきて、皆んながハッピーバースディの歌を歌ってくれて、急な事に私はめちゃくちゃ感動しました。そうこの日は私のバースディだったのです。皆さん祝ってくれてありがとう！　年を重ねてもまだまだ太鼓は続けまぁす!!

《ひまわりのドイツもこいつもばなし　その4》

「酔っ払い」

ドイツに来て感心したのは、夜、東京で見かけるような酔っ払いのサラリーマンの姿を見ないことです。今では、日本でもあまりへろへろに飲む人はなくなったようですが、それでも、お酒の飲み方はドイツ人の方が紳士的だと思います。どういうのが紳士的かというと、自分の量を分かっているということ、だから、みだらな自分が出ない。お酒を飲んでも急に人が変わったり、愚痴こぼしにはしったり、喧嘩を始めたりはしません。前の日の記憶がまったくないなどと言ったことは、ドイツでは聞いたことのない話です。

ドイツ語に〝Uernü nftig〟というよく使われる言葉があり、『理性のある』とか『分別がある』という意味でそういうことを重く見ています。それがお酒の飲み方にも現れています。

もちろん、ドイツにもアル中や浮浪者がたくさんいて、隠れアル中は職場での飲食がほとんど他の同僚に分からないうちに行なわれているそうですが、工場などに行くとビールなどは水のとなりに売られていて一日二本まではO・Kというような所もあります。

ビールの消費量などは、世界的にも上位を占めるドイツですが、飲んでもドイツ人と日本人では、身体の肝臓の大きさが違うのか、それとも消化力というのが違うのか、断然ドイツ人の方がアルコールには強いです。

お酒は、人間の嬉しいときや悲しいときに必ず付いてくるものなのでしょうが、それにしても一般サラリーマンのあのへべれけの姿。ドイツ人観光客にとって、その姿は忘れられない日本の風景の一つのようです。

さて翌朝モニカさんのご自宅の庭で朝食をとって集合場所に向かいました。今日はフランスにバスで移動です。と言ってもライン川を渡るだけの隣の国で、ここから十五分も走ればフランス領です。

お別れの時、キクさんは涙ながらに挨拶されました。遠い日本を太鼓の響きで思い出されたのでしょう。流暢な、それでいてなんとなく昔風の日本語で挨拶されていました。続いて市の文化担当ヒンデレ氏が、皆さんに出会った時はTシャツで小汚い格好（そう言う風にはいわれなかったけど、だいたいそのようなことを言われていました）で、本当に太鼓打ちなのだろうかと不安になったけど、終わってみたら、自分の考えがまちがっていたことが分かりました。今度から服装で人を判断するのはやめることにします。と、挨拶されました。バットクロッチンゲンの保養公園の中で皆で記念写真を取ってお別れです。さようならお元気で。

『サベルヌ』平成十年七月二十日

フランス国境を越えた大都市シュトラースブルグまでバスで一時間です。ドイツとの国境の街でもあるシュトラースブルグを見た後に、また、バスで三十分、サベルヌ市に向かいます。国境は川の橋の中央です。国境税関所の建物はまだありますが、誰もいません。運転手さんも止まらずに通過です。このシュトラースブルグは歴史上、何度にもわたって戦争の時にドイツ領になったり、フランス領になったりしたところで、国境はあってないようなものだそうです。言葉もドイツ語とフランス語とアルザス地方の方言が使われています。でも町並は、ドイツとはまた違った、趣のある街です。ここ（アルザス地方）で最も人気のある食物でピザよりもっと薄い〝フラムクーヘン〟を、お腹一杯に食べたあとサベルヌへ入りました。

今日の宿泊地はユースなのですが、外見はお城です。中世のお城をそのまま残してユースにしています。ホールは隣にあり、これまた素敵なホールです。ホール内の色使いがドイツにはなかった赤と金。さすがフランス！　会場の下見をした後、チンドンでサベルヌの街の中を宣伝して歩き、お城の前で今後のためにポストカード用の写真を撮り、夕食後の公演に備えます。ところが、今日の進行をしてくれるはずの市の係の人が、親戚の誕生会に出席のため、来られなくなったと連絡が入りました。おいおい、そんなこと初めから分かっていただろうに……、と内心思っていたら、恵子さんが「やっぱり、ここはフランスだ！」と口に出して言いました。仕方がないので、幕が上がると恵子さんが日本太鼓をドイツ語で（フランスなのに）紹介をしてくれていつものように始めました。ノリもドイツとは違い何となくおとなしかったのですが、アンコールももらい、終演となりました。

アンコールの演奏中、私は中太鼓を叩いていて、上戸さんが泣いているのが目に入りました。私は演奏も最後になり感動して泣いていると思い、自分ももらい泣きしそうになりました。終演後、上戸さんに

「大丈夫ですか？」と聞くと、

「何が？」

「何がって、泣いていたでしょう」

「ええ、もう悔しくて」

「悔しくて？、そうじゃあなくて、感動してでしょう？」

「感動？　いいえ」

サベルヌの市長さんと

「曲の途中で失敗して、最後の演奏なのにそれが悔しくて、涙が出ました」

「あーそうなんだ」

この時、私は女性とはかくも理解するのに難しい動物だと再認識しました。でも、上戸さんって責任感の強い人です。

終演後、もう一つおもしろいことがありました。かたずけをしょうとメガネ（普段、私はメガネをかけているのですが、太鼓を叩く時は外しています）をかけて、ふと客席を見ると、一人椅子に座っている人がいます。変だなあと思いつつよく見ると遠藤さんの奥さんが熟睡されていました。それを見て、クスクス笑いながら、でも静かにかたずけをする皆の優しさに感動したのはたぶん私だけでしょう。

かたづけもすべて終わった後に市長さんが歓迎会をお城のきらびやかな鏡の間で開いてくださり、日本太鼓に感激したのか、同じように街の中に大きな川が流れる川本町と姉妹縁組みをしたいと言い出し、側近の方があわてていました。客席以外ではノリのいい市長さんでした。

『シュトウットガルト』平成十年七月二十一日

次の日、恵子さんの地元、シュトウットガルトに行きます。フランス・サベルヌから三時間で到着です。ここでは一つ楽しみがありました。ドイツと言えばベンツというイメージが私の中にはあります。その本社の見学です。これは、私のリクエストで恵子さんに無理をお願いして実現しました。博物館に初期の第一号の車が一番最初に展示してあり、係の人が実際にエンジンをかけてくれました。今でもエンジンがかかることとってやはりすごい。その他、私の好きなレースカーもあり幸せなひと時でした。駆け足で見て回って、あと名誉総領事館へ。恵子さんの上司で名誉総領事のシュミットさんを表敬訪問しました。ここのオフィスは映画007並の作りで驚きでです。そのオフィスでチンドンをして名誉総領事に喜んで（?）もらいました。

今日は午後から国立音楽大学でワークショップを

シュミット総領事と恵子さん（名誉総領事館にて）

させていただきます。三十分位の演奏をして、上級、初級に分かれて皆さんに叩いてもらいます。初級は私が、上級は樋口さん、森脇さん、市川さんを講師にして行います。この音楽大学はパーカッションの専攻があり、その中の人たちは上級です。残念ながら、私は覗くことができなかったのですが、かなりハイレベルだったそうです。私のクラスは私たちが叩くリズムを叩いてもらって、遊びながらの教室でした。

いつの間にやら市川さんは、太鼓をくるんできた毛布にくるまって廊下の隅で寝ていました。若い衆でもこれだけきついスケジュールですから、メンバーの長老たちにとってはかなりきついはずです。長老組の四名は、この公演にとってものすごく大切な存在であり、（もちろん、普段の公演活動でも大切な人たちですが）通算して三年間、嫌な顔一つ見せず、一緒についてきてくれました。

樋口さんは、国際交流向きなオープンな方ですし、森脇さんは物静かですが、舞台の上では皆をうまくまとめてくれます。市川さんもおっとり派の愛酒家でグループにとってはかけがえのない強力メンバーです。朝比奈さんはとても謙虚な方ですが、彼が一番、国際的に交流をしようと努力していた方かもしれません。

出発の準備の時、朝比奈さんにホームスティはどうですかと聞いてみました。

「あのー　お金がないのですべてホームスティなんですが、いいでしょうか？」

「そりゃいい、若い者はホームスティに限る。お金も助かるし良いことだから、がんばりなさい。」

「いや、行くメンバーすべてホームスティなんです」

「…………」

「良いですか？」

「私は大丈夫、ドイツ語も英語も話せんが、しゃあないよ（大丈夫だ）」

「身ぶり、手振りでなんとかならぁ」

頼もしいの一言でした。朝比奈さんはメンバーの最長老で、江川太鼓の会計担当でもあります。その辺はしっかりしておられます。始めは、市川さんだけはホテルに泊まると言って聞かなかったのですが、朝比奈さんと、恵子さんの鶴!?（どう見ても見えない）の一言で若い衆と同様、ホームステイする羽目になり、結果的には皆と同じようにいい思い出が残った訳です。

また、私の太鼓人生は江川太鼓設立当初からのこの四人の方々を含め、多くの方々から教わった太鼓の楽しさから始まりました。言い換えれば、この四人の方々や多くの先輩たちにこのドイツに連れてきてもらったような気がします。

夕方から天気は雨模様です。ドイツに来て初めての雨です。私たちが来てからいい天気が続き、おまけに蒸し暑い。日本の梅雨と変わらないです。こんな天気も珍しいとのことです。誰かさんは寒いので厚手のセーターを持ってきてくださいと言っていましたが、いつ着るの？　状態です。今日のホームスティは恵子さんの所に細川さんと行きます。着るものが底をついたので近くのデパートで服と鞄を買いましたが、やはり安いです。細川さんはTシャツを買いました。翌日の朝食の時にベンハートさんが細川さんのTシャツを見て笑いころげています。何で笑いころげているかと聞くと、表に大きくドイツ語で「なんで結婚するの？」と書いてあり、背中には、「レンタルでいいじゃあない」とあったんです。それを知って、細川さんが新婚の遠藤夫妻の回りをうろうろするもんだから私たちも大笑いしてました。細川さんもまさかそんなことが書いてあるとは思わないで買ったのですが……、知っていても買っていたかも。

夕食は恵子さんの家の近くのタイ料理を食べにいきました。これがまた美味しくて、細川さんも美味しい地ビールを飲んでました。帰って洗濯したりして、いつのまにか寝てしまいました。ドイツに来た日から比べると、かなり寝られるようになり、体調もよくなってきました。時差ボケの調整は普通一日一時間といわれています。つまり時差8時間であれば正常にもどるのに8日間かかるそうです。体調がドイツに慣れてくる頃に帰国になるでしょうね。明日はミュンヘンに向かいます。

《ひまわりのドイツもこいつもばなし　その5》

「ドイツ人の結婚観」

二〇〇一年の現在では、ドイツ人のカップル三組に一組は、確実に離婚に及んでいます。結婚しない若者のシングル族も増え続け、何と！　この六〇万人都市、シュトゥトガルトの半分の世帯が一人で暮らしているそうです。もちろん、これは、全体だから、老人族やシングル族を合わせてのデーターではありますが。私が住みはじめた十五年前には、ドイツでは、結婚前の同棲はすでに当たり前で、日本から来たばかりのうぶな私には、ショッキングな事実として受けとめた記憶があります。

しかし十五年後の個人的意見としては、「同棲」大賛成。どうして一緒に住まずに、生涯の伴侶になりうるかどうかなどと決められましょう。日本人もどんどん同棲し、それから決めても良いと思います。

婚姻回数だって、現在のドイツの首相やある大臣などは、それぞれに四回目。四回目となれば、いい加減、本人の性格に欠陥があるからだろうと誰もが思うところだが、それでもお偉いさんになれるのはドイツだからかもしれない。

結婚など、一回目は、練習。二回目から本番。三回以降となれば、四回も五回も同じになるらしいのです。また、日本の首相やアメリカの大統領に愛人が居たなどで、国の政治よりもゴシップが大事になってしまう事がドイツ人には理解できないそうです。ドイツ人は、人の恋愛や浮気などはプライベートのことと割り切り、周りの人間が、余計な口をはさむなどというやぼなことはしないのです。

ドイツでは結婚より離婚する方が実に大変で、日本のようにサイン一つと印鑑で離婚届けを出すということができません。

それゆえ同棲するということは、離婚を避けるための一つのテストであり、結婚に対しての慎重さの表れと言っていいと思います。知り合ってから、同棲期間として恐らく三年ぐらいとって、相手を人生のパートナーとして審査し、その間に、こいつはだめだーとなると恋愛のごとくお別れとなり、新しい人生を再び歩み始めるのです。しかし、もっと驚くのが、別れてもお友達としてつき合いを続けるケースが多く、昔の彼が新しい彼女を連れて、昔の彼女の誕生日パーティに参加するなど、日本人には到底信じられない男女関係が成立しているのです。

ドイツの結婚は、六カ月前から準備をはじめることができ、まず、戸籍役場へ行き、それぞれに必要とする書類を集めて、書類が揃った時点で式の日取りを決める。戸籍役場での式は義務づけられていて、日本のように書類を市役所に提出して、オッケーというわけにはいかないのです。式は、大抵、戸籍役場の一室で行なわれ、戸籍役場の役人が式を進行し、二人は婚姻の誓いとしてサインをします。この時は、身内だけを招待して行なわれる場合が多く、役所なので、月曜日から金曜日のいずれかに婚姻の運びとなります。これで正式にドイツ国から二人が夫婦として認められ、この後、多くの場合、土曜日に教会での結婚式も行なわれますが、これは自分たちの意志であり義務ではなく、ドイツ人であれども必ずキリスト教徒の限りではないし（仏教徒もいる）、最近は教会離れが特に多い事もあり、役所だけの儀式で終了するカップルも多くいます。

個人的に体験したことで、過ぎてみるとそう悪い事でもないなと思われることがあります。それは何かというと、結婚する前に『離婚したときの契約』をするのです。現在、全体の二割程度のカップルが正式に契約を交わします。この場合、いずれかに婚前の財産が多い場合に限られるようです。離婚すると相手側の財産も一緒に計算されてしまうので、婚前の財産までは計算に入れられないように守る為と考えられます。

私は、日本の母親に「婚姻前に離婚時の契約をする」と言ったら、「そんなにしてまで、そんなことを要求する相手と結婚することはないんじゃないの」と言われましたが、確かにこう言うことは、日本では信じられない事だし、めでたいことを目の前にして、あまりいい兆しとは言えません。またそれは、のちに私の場合的中してしまったのですが。しかし、離婚時に泥沼状態にならなくて済んだのもこれのお陰だったのは、皮肉というべきでしょう。国際結婚に就いては、それだけで一冊の本になりそうなので、また、別の機会に書く事にします。

離婚については、通常、二人の別居が過去一年以上あったと認められた場合、はじめて離婚届けの提出ができます。別居の証明は、一つの屋根の下でもできますが、寝室がそれぞれにあることや相手のために何もしていない（料理や掃除など）ことなど色々な審査が出てきます。感情的になってすぐ離婚するより、冷却期間をおくこのドイツのシステムはいいかもしれません。もっとも、その間によりが戻ったという噂はあまり聞きませんけど……。

また、子供がいる場合など、養育費や親権が問題になってくるので、弁護士をつけて裁判の運びとなるのが普通のようです。たとえば、子供が三人ぐらい居て離婚となると父親が働いても自分の生活費がなくなってしまうほどの状態で、これまた、わざと失業してしまって、国から養ってもらう方が楽だなどということをしている父親も居ます。ちょっと話が飛んで、この働く人間と、国に養ってもらわなければならない人間の間の収入があまり変わらない事が最近になってやっと問題になっています。今頃になって国がやっとこのシステムの矛盾に気が付くなんて遅すぎます。十三年前の外国人の私に聞いてくれていたとしても、このドイツ社会の矛盾しているシステムを十分に説明することは出来ていました。

話しは戻って、最近のドイツは、未婚の母が多くなりつつあります。子供はほしいが、男はいらぬのか、愛した男に騙されたのか、それとも、捨てたのか、理由は、色々です。しかし、未婚の母に対して、昔のように社会秩序からはみでたイメージはなくなりつつあります。

なぜなら、子供の少ないドイツは、どんな形であろうと生まれた子供を守っていかなければならなくなってきたからです。一人一人の子供の存在が将来のドイツの国にとって貴重となるからです。この風潮は、いい方向にあると思います。未婚の母親の子だからこそ、国が守ってあげなければ、彼女たちの負担は余りにも重すぎます。その他に一緒に住んでいて、子供が出来ても結婚しないカップルも多く居ます。日本だったら、「いい加減この辺で、籍を入れない？」見たいな感じになって、『できちゃった婚』などという流行語が生まれたりします。子供が出来ても、子供は母親の籍に入れるだけで、関係は、親になっても「この子の父親」、「この子の母親」という呼び名が増えるだけの「彼女」「彼氏」の関係が続くのです。

学校のクラスにも伝統的な家庭環境のなかに居るという子供が少なくなってきているそうです。父親が居ない、母親が居ない、母親のボーイフレンドと一緒に住んでいるなどは、ごく普通のことで、週末ごとにどちらかの親の方へ身を寄せているという落ち着かない生活環境の中に多くの子供たちが居ます。彼らの微妙な時期の精神状態に人生を通してどの様な影響が出てくるのだろうかと思います。いずれにせよ、全ての傾向が、遠い昔からのことではないので、結果は、近い将来に出てくるはずです。

『トイレのおじさん』

朝、名誉総領事館前に集合です。私たちは少し早く行ったので、恵子さんのオフィスにおじゃましましたが、それでもまだ時間があったので近くのシュトウトガルト駅に行きました。

私は駅のトイレに行くつもりで、トィレッテの看板を探していました。ドイツに限らず、ヨーロッパでは、公衆トイレにはかならず、管理をする人がいます。そこで用をたすと、チップを入れものに入れます。これがトイレの管理費などになります。この駅は近代的で、入口に改札口みたいなものがあり入る前にお金を入れると、扉が開く仕組みになっています。私は、五十ペニヒがなかったので、五マルクを入れました。お釣りが出ると思ったのです。でも、出てきません。うろうろしていると、中のおじさんが出てきて、まじめな顔で私の五マルクを取り出し、自分の五十ペニヒを入れてくれました。

そこまではよかったのですが、私の五マルクを返してくれません。仕方がないのでそのまま用を足して、その最中にどうしようか考えていました。このままおとなしく帰ったら日本人を甘く見るかも知れない。あるいは、こんなふうにして、小銭を貯めているのかも。私みたいにおとなしい日本人ばかりではないし、同じようにしてたら、きっとおじさんはいつかは日本人に殴られるかも知れない。そんなことを考えながら、用を足してトイレから出る前におじさんの所へいき、さっきの五マルクを返してくれと日本語でまくしたてました。おじさんは、びっくりした様子で、忘れていたというジェスチャーで返してくれました。五十ペニヒはしっかり差し引いていましたが……。世の中良い人、悪い人はたくさんいるし、ドイツにもいることを知らされた事件でした。

『フッセン』平成十年七月二十二日

ミュンヘンまでバスで行って一泊します。その途中でフッセンという街によりました。ドイツに限らずヨーロッパの最も有名な城として挙げられる「ノイシュバンシュタイン城」を見学します。この城は当時の王様、ルードビッヒ二世が、十七年の歳月をかけて創ったものです。音楽家、ワグナーをこよなく愛し、彼のパトロンになり、城は彼のために創ったと言っても過言ではないものでした。贅の限りをつくし、そのためバイエルン王国財政が傾いたとも言われました。そのせいかどうかは分かりませんが、未完成の城ではありましたが、王様が入城してから百日も経たないうちに、彼は主治医と共に湖で水死体となって謎の死をとげたのです。しかし、今ではヨーロッパ一の名城として、観光客が後を絶ちません。ちなみに、この城の裏手のマリエン橋(百メートルくらいの高さがあります)から望む城がすごく奇麗です。この城内で、私は三味線を叩くことにしていました。和っ鼓の小泉さんと投げ銭興業をして、どちらがたくさん稼ぐか、夜のビールをかけてやろうということとなりました。

場所はどこでもよかったのですが、なるべく人の多いいところと思い、入場を待っている人たちがいる場所で店開きをしました。この城は、ドイツ語、英語、フランス語、日本語の解説テープが時間を追って流れるのでその順番が来るまで入り口で並んで待ちます。私はその場所を狙いました。小泉さんは様子を見ています。狙いは的中、注目度は抜群でしたが、すぐに警備員が来て、「おまえなにやっている。ちょっとこい。」（ドイツ語ではコム・ヘアという）みたいなことを言われて、連行されました。列に並んでいる仲間も助けてはくれません。小泉さんも笛をしっかりしまっています。

事務所に入ると、どこからきたか、これは何だと質問され、最後はこの楽器を預かると言われました。ここは有名な城だから見学しなさいとも言われました。最悪の場合、三味線を返してもらえないかもしれないという不安にかられながら城巡りをしました。

入ってすぐにルードビィッヒ二世の銅像がありましたが、若手メンバーの美男子⁉渡津　孝文にそっくりだったのでみんなして大笑しました。私たちの間だけでなく他の日本人観光客も納得の笑みを浮かべていました。絢爛豪華な部屋を見て、三味線を取りに行ったら、城では弾くなと言われ、返してくれました。

でもせっかく来たのだから、と思い城から下りる途中や、城下の土産物を売っている場所で弾きました。初めにお金を入れてくれたのは、三歳位の男の子でした。次に入れてくれたのは剛です。これは、ポイントになりません。結局、日本円で千円くらい入れていただきました。小泉さんは城を下りる道で、林に包まれてる感じの場所で吹いていましたが、雰囲気にマッチしててよかったみたいです。夜のビールは私のおごりとなりました。

ここからミュンヘンまでは二時間くらいかかります。夕方六時には到着です。今夜は、ホーフブロイという（四〇〇〇人ぐらい収容できる）大きなビアホールで、ドイツ民謡を聞きながら打ち上げのビールを飲みます。大きなホールのそのステージでは、ドイツの伝統的な踊りや歌が歌われています。和っ鼓のメンバーは、沖縄民謡によく使われるサンバという楽器、（三枚の木を指にはさんで鳴らす楽器）を鳴らしてステージの人と共演してます。何とノリのいい人たちだー。私は飲めないビールを結構飲んだので、眠くて眠くて、盛り上がっているメンバーを近くで見ているのが精一杯でした。しかし、実に楽しい打ち上げでした。

『チュース』

次の日、いよいよ帰国です。朝、昼までミュンヘンを散策し、夕方六時にはフランクフルトに飛行機で戻りました。恵子さんとはミュンヘンでお別れです。バスの中で今回の公演成功を一枚の感謝状に思いを込めて恵子さんにおくり、江川太鼓ドイツ在住の特別会員に任命しました。何かしら元気がないのはやはり、楽しいことが終わるという寂しさと、皆とお別れするつらさが頭にあるのでしょう。それは私たちも同じで、きびきびしている恵子さんも見かけによらず（失礼）、寂しがり屋なのでしょう。聞くと、フランクフルトで笑って別れられそうもないので、ミュンヘンで別れますとのことです。

「恵子さん、チュース」

「皆さん、チュース」恵子さんは笑いながら手を振っていました。

ドイツにいたときよく耳にした挨拶です。「またねー。バイバイ」。というような感じの挨拶で、僕たちの気持ちの中にも、恵子さんの気持ちの中にも、このチュースという挨拶と同じ意味が込められていたかも知れません。

『二年目のドイツ公演』

帰国してしばらくして、シミット名誉総領事から私達に感謝状が届きました。写真の整理やホームスティ先への礼状や運送屋さんの支払い、基金への報告書作り等々忙しくしていましたが、びっくりしたのは、あのタルガネイヤーさん。そう、一番最初にホームスティさせていただいた方が、同棲相手の彼氏と結婚したという手紙をもらったことです。幸せそうな記念写真を送ってくれました。おめでとうございます。そして、それと同じ位びっくりしたことがありました。その年の十月、思いがけない人がやってきました。恵子さんです。

平成十一年と十二年は、ドイツでは日本を大々的に紹介するイベントが行なわれようとしていました。「ドイツにおける日本年」と題して、ドイツ全土で二年間にわたり日本の紹介をするものです。恵子さんはそのイベントにまたぜひ参加してほしい旨の話をもって来られました。あらかじめ、町長にも連絡を取り、会っていただき、県知事にも、運よく会って話を聞いていただきました。恵子さんの来日で、私たちのドイツ行きは決定したようなものでした。恵子さんの行動半径はかなり広いものですが、まさか二年目の訪独を、この川本までわざわざ頼みに来てくれるとは思ってもみませんでした。メンバーにも、もう一度ドイツで叩きたいという気持ちがあり、その思いが通じたのでしょう。私の中にはこの頃から、三年間ドイツに行くという気持ちがすでに芽生え始めていました。

石の上にも三年という諺があります。三年間続けていればそれに対してなんらかの答えというか、自分自身の中に何かしら学ぶべきものが生れるような気がしました。私の太鼓はあくまでも趣味であり、プロでもありませんし、仕事でもないので学ぶべきものなんてなくて当たり前だとは思うのですが、自分自身にプラスになるものが必ずあると思いました。三年間メンバーとドイツを訪れるということはたいへんな労力です。でもそれをやってみたいという気持ちになった時期でもありました。

恵子さんが無事帰国されてから、来年に向けての訪問地の選定を始めました。来年もぜひ来てくれというところや、噂を聞いたところから来てくれという打診がありました。

物事をグローバルに見ることの大切さを恵子さんはよく話します。大陸的な考え方というか、太鼓の公演をいろんなところでやって、いろんな人に、一人でも多くの方に見てもらうということもその一つだと思うし、いろいろなところで演奏してみることもその一つと思うと言います。私は安心と安定を望むタイプなので、一度公演をして、とてもやりやすかったところや、受けたところにもう一度行ってと思いがちなのですが、そうではないと力説します。そのことが、百パーセントよいこととは思いませんが、いろいろな経験を色々な場所ですることは、若いメンバーにとってもよいことが多いと思います。そんなことをメールでやりとりしながら、来年の訪問地が決まっていきました。

名前がタルガイヤーさんから、ルッツさんへ
めでたくゴールイン

Honorarkonsulat von Japan

島根県川本町　江川太鼓

江川太鼓　　樋口　忠三　様

1998年　9月10日

拝啓、初秋の頃、ますます御健勝のこととお喜び申し上げます。

今年七月に島根県は川本町　江川太鼓保存会の皆様を当地ドイツは、バーテン・ヴュルテンベルク州にてお迎えし、日本太鼓を通して日本及び島根県川本町とドイツの国際交流を果たすことができました。

江川太鼓の皆様におきましては、この厳しい時勢の中、自費で渡航して頂いた上、国際的なボランティア精神を持って、ドナウエッシンゲン市、カールスルーエ市、バッドクロッチンゲン市、さらには国境を越え隣国フランス、サベルヌ市にて、言葉では表わしきれないほどの素晴らしい日本太鼓コンサートをご披露頂きました事、心より深く感謝いたしております。各市での江川太鼓コンサートは、市民の間にて、予想以上の反響をもたらした上、各市の市長よりも、私の所に感謝状が届いております。

来年度、再来年度におきましては、「ドイツにおける日本年」が開催予定にあり、ドイツにおいて日本をアピールする行事、計画、協力をドイツと関係の深い日本の都市及び各機関等へ、両国政府が中心となり、現在、呼びかけております。

太鼓の輸送費で、問題もありますが、何卒、貴グループを通しての国際交流協力を来年も頂きたくひとえにお願い申し上げます。

私たちは、一度のみの突発的な国際交流ではなく持続性があってこそ、グローバル社会の確かな土台を作り上げるものと確信いたします。

謹白

Ｗｅｒｎｅｒ Ｓｃｈｍｉｄｔ
在シュトゥトガルト日本国名誉総領事

『父』

年が明けて、私には大変な試練が待っていました。父を失ったことです。年が明ける前に、持病の動脈硬化を見ていただいている主治医の先生から呼び出しがあり、末期の膵臓ガンと宣告されました。先生には父をずいぶん前から見ていただいているので、父の性格もよく知っておられます。それで、ガンの告知は本人にはしないほうがいいでしょうとも言われました。私もそう思いました。

父に今、そのことを告知したら、押しつぶされてしまうと思いました。父と同居している母にも言えません。母も、知れば辛いだろうし、顔にも出るだろう。ぎりぎりまで私の中で抱え込むことにしました。精神的に辛い日が続きましたが、父との別れはあっという間でした。年が明けて、一月八日、雪の降る寒い日でした。仕事の関係で最後は見届けられませんでした。母と家内が看取ってくれました。

父とは生前よく喧嘩をしました。仕事のことや生活のことで。私は父にすべて反抗していました。というか、自分がやろうとすることが、父にとってはまったく正反対のことだったのでしょう。いい喧嘩相手でした。今思うと、もっと優しく接してやればよかったかなーと思いますが、後の祭りです。その罪滅ぼしではないのですが、今の仕事をやりきって、家族をしっかり守ることと思っています。父にはこの場を借りて、「ごめんなさい」と、「ありがとう」を言いたいと思います。

話がちょっとそれてしまいましたが、父のことが重くのしかかり、恵子さんにも弱音をはいてしまいました。

自分自身にも世間一般的に見ても、今年のドイツには行けないと思いました。それに対して、恵子さんも「岩野さんの判断に任せる」との返事です。そんなことで悩んでいるとき、昨年のドイツの公演ビデオが出来あがったので、見ていました。我がメンバーの目の輝きは、映りの悪い家のビデオでもはっきり分かるぐらい違っていました。また、お客さんが大写しで写ったとき、どこかのおじいさんが本当に楽しそうに拍手をしてくれていました。それを見たとき、そう言えば、父も元気なときは必ず太鼓を見に来てくれてたなーと、思い出しました。父はどちらを望むだろうかと、どうしたら喜んでくれただろうかとも……。

この仏画が父を見守ってくれていました

「これでもか！和知連」メンバー
名古屋在住　奥崎裕子さん作

父は私が太鼓を叩く姿を見るのは嫌いでなかったと思います。生前は「仕事もしないで太鼓ばかりにのぼせて」と口では言っていましたが、決して嫌いでなかったし、事実、ドイツ行きも喜んでくれていました。ならば父の喜ぶことをしようと、物事をいいように解釈しました。

私が楽しくやっている姿を見たら父も喜ぶだろう。そんなことを考えながら、二度目のドイツ行きを決めていました。

父の体調を気にしていた頃、私は名古屋在住の奥崎　裕子さんのことを思い出しました。彼女は「これでもか！　和知連」のメンバーで「仏像彩色師」と言う職業をされています。はじめは何の仕事をされているのかさっぱりわかりませんでしたが、仏像に色付けをする仕事、かっこよく言うと仏像に魂を入れる仕事をされています。

彼女はその他にライフワークとして仏画も書いておられます。書きためた仏画を「ほほえむ仏画展」と題して定期的に個展を開催されています。

私は彼女の画いた仏画を父の病室に飾って、見守ってほしいと思い、彼女に無理をお願いして画いてもらいました。その絵を見たとき、父は嬉しそうに看護婦さんに見せていました。彼女の画いた仏画が父を最後まで見届けてくれました。

彼女の絵は本当にあたたかみのある絵です。ホッとするんです。癒し系音楽ってありますが、彼女の仏画はさしずめ癒し系絵画とでも言えましょう。皆さんも一度彼女の個展を覗いてみてください。

《ひまわりの感動話パート2》

『川本は渦の中!?』

川本への一回目の訪問は、メンバーの耕ちゃんに広島まで車で迎えに来てもらいました。広島から車で二時間北上。だんだんと山林が増え始め、道はどんどん狭くなっていきます。どんなところなのだろう、川本は？　インターネットが結んでくれた緑の土地。不安と期待の中、ここへ来る前に図書館で調べてきた川本の地図が頭に浮かびます。それは、ほぼ、渦巻きが反乱しているという地図でした。その渦巻きの中に川本の町がひっそりとありました。どうして渦巻きなのか分からないまま、広島駅に私は降り立ちましたが、走る車からの風景を見て、初めてその渦巻き状態がなんであったのか解明できました。渦巻きは、山々を意味していたのです。そーか、この風景があの渦巻きだったのか。と車の中で一人感心していました。

川本には大きな川が流れています。三十年前に大きな洪水があったと聞いていますが、それが江川太鼓設立のいわれとも聞いています。町民を励ますために太鼓を叩いたということです。今でも過疎化が進む川本の町で少しでも活性化の役に立つ様にと太鼓が叩き続けられている。

ドイツで聞いた川本の話は、現代のおとぎ話の様でした。どんなのが現代のおとぎ話かというと、川本には、つい最近までコンビニが無かったのです。この時代の日本にコンビニが無い町があったのかと真面目に驚いてしまいました。一輌編成の電車が走ること。大きな買い物には二時間車を飛ばして、広島まで出ること。町民の六割方が六十歳以上の老人で、それに対して若者の数がものすごく少ない事などなど。川本は、過疎化の進んだ町でした。その過疎化の進んだ町に、おとぎの国のごとく、なぜかしら私は惹かれていったのです。それは、川本に残り、町をなんとかしようと頑張る江川太鼓の若者たちに出会ったからかも知れません。

道はどんどん狭まり、真下には、江川の川が見える迄になりました。耕ちゃんの「あれがふるさと会館」と指さした方向を見た瞬間、私は度肝を抜かれてしまいました。何とこの、ど、ど田舎に天国の御殿のごとく、で――んと建つふるさと会館。ドイツでもふるさと会館の事は皆から話には聞いていました。しかし、ここまですごい建物であるとは、夢にも想像していなかったのです。急に、ドイツでお膳立てしたいずれの会場もこのふるさと会館に比べれば、ひんじゃくなものに見え、急に恥ずかしくなるとともに、皆に申し訳無さを感じてしまったのです。皆は、確かに、すごい建物が川本にはあると言っていましたが。でも、それ以上に強調しなかったのは、企画した側への思いやりと日本人の謙遜心からきていたものでしょう。

川本に着くと、岩野さんの会社へ寄らせてもらいました。気のよさそうな御両親が地元のお茶を手作りのお茶碗に入れてくださり、そのお茶をすすりながら、岩野さんと孝は、申し訳なさそうに、これと言って川本には、観光地がないことを謝っていました。しかし、この田舎の空気の中にいられることが、私はすごく嬉しかったのです。そこには何か、昔のよき日本があるような気がしました。話に聞いた一輌編成の電車とやらを是非とも見たかったので、岩野さんには、駅を見たいとお願いしました。が、驚きの反応が返ってきました。『えっ、どうして駅なの？　恵子さんってやっぱり変』と彼らには私の願いがさっぱり理解できないようでした。それでもなお、できれば徒歩で行きたいと言うと『学生以来、駅へ歩いたことなんて無かったな――』と言いながら二人は付いてきてくれました。『なんか、俺も懐かしいや』と隣を歩く孝も嬉しそうに言い、岩野さんは、「江川が洪水になったときは、水がこのあたりまできたんですよ」と説明してくれました。川本駅に着いたけれど、あいにく電車の通る時間ではなかった。次の電車まで待つには、あまりにも時間がかかりそうだったので、この次、この町に来るときには、その一輌編成とやらの電車に揺られてこようと心に決めた私でした。

『やってきました合同練習』平成十一年四月十日――十一日

二度目の訪独は、五月の連休をはさんで日程が決まりました。年が明けて、一、二月とあっという間にすぎ、合同練習の日をあわてて決めました。四月十日、十一日の土曜日、日曜日に決まり、練習メニューも決めましたが、今年は頼もしい助っ人が来てくれることとなりました。ドイツのデュッセルドルフにいる原さんです。そう、一年目のカールスルーエで公演の時、いっしょに叩いてくれた彼女です。原さんは練習の日に合わせて帰国してくれ、今年もドイツで一緒に叩いてくれることとなりました。知り合ってこんな形で、友情が深められるとは思ってもみませんでした。

原令子さんはデュッセルドルフにいる人で、普段は太鼓奏者のプロとして、活躍しておられます。あいた時間は、声楽家として、教会で自慢の喉を聞かせておられます。ローマ法王の前でも二度歌われているそうです。

ただ、声楽のほうは結構、競争が激しくてお金にならないそうですが、太鼓のプロはまだあちらこちらでひっぱりだこだそうです。

京都の〝和っ鼓〟のメンバーと共に川本に入ってくれました。早速練習です。今回は、いつもの曲に加えて、沖縄の民謡と原さんの歌をメインに日本の子守歌を演目に加えました。京都の面々は今回、美瑠町《ミルマチ》さんという高校生と、高校の先生の渡辺さんが新しく参加です

また、「これでもか、和知連」の事務局をされている、高垣さんも参加です。高垣さんは和知以来の友人で尾道の中学の先生です。江川太鼓は以前、高垣さんの中学の文化祭に呼ばれて、尾道に行った関係で、うちのメンバーとも顔見知りです。こうしてみると、太鼓を通じての友達って結構います。

ところで、あのあの怪しい東洋人、細川さんは今年、転勤になり大阪に行ってしまいました。毎週真面目に出ていた練習も当然出られなくなり、どうしたものかと思っていましたが、本人いわく、「今年から和っ鼓のメンバーとしてがんばるから」そんなのあり？　いとも簡単にそんなことを言ってのける細川さんの図太さに脱帽。

さて初めてやる曲、いつもやる曲だけど、中にはそれを初めてやる人と、条件が色々あって調整が難しいですが、なるようになるという江川太鼓のいつもの乗りで、合同練習も終了。今回もこの一回の合同練習だけでドイツに臨みます。しかし、私たち独自の練習はこの日を境に盛んに

なっていきました。なぜなら、ばちを握って、それほど間がないメンバーがいたからです。当人たちは大変だったことでしょうが、実際、ドイツでは活躍してくれました。

江川太鼓の指導法は独特です。新人さんが入ると、とりあえず基本的なことを覚えてもらいます。後はいきなり本番に出てもらい曲を覚えてもらいます。新人さんが入ると気をつけないといけないことが有ります。曲を覚えてもらう時、基本に返らないといけないのですが、それを繰り返していると、だんだんと練習に飽きてくることです。そして、練習に出なくなる。私は、そうして消えていった、あるいは活動を休眠しているグループを何組も知っています。続けることの難しさを感じます。私たちの指導法が正しいとは言いませんが、長く続けられる秘訣だと思います。今回初参加の倉石さんも増田さんも、そんな指導を受けてドイツに臨みます。

『在スイス日本国大使館』

五月はヨーロッパでは、観光シーズンになり、飛行機のチケット代がハンパではなく高い！初年度お世話になった旅行代理店もお手上げ状態。恵子さんは何か策が有るのか「大丈夫、大丈夫」と言っています。実は、スイス大使館に交渉をして、大使館から援助をお願いしようとしていました。結果はうまくいき、去年並みの自己負担で行けました。今回は、スイスの日本大使館が後援してくださること事になり、鬼に金棒と言った気分になりました。

ここで、今年参加のメンバーを紹介。

島根・川本・江川太鼓　以下敬称略

団長　樋口　忠三　53歳
　　　朝比奈勝士　55歳
リーダー　森脇　淳宏　52歳
　　　市川　健昭　47歳
事務局　岩野　賢　38歳
　　　細川　博之　36歳
　　　遠藤　幸雄　38歳
　　　山根　剛　27歳
　　　渡津　久美　26歳
　　　竹下　耕二　24歳
　　　渡津　孝文　22歳
　　　倉石美奈子（初参加　地元加藤病院でソーシャルワーカー）
　　　増田　有希（初参加　介護福祉士）

京都・和っ鼓
小泉　直美　26歳
平　直子　32歳
渡辺　一弘　46歳（初参加　南八幡高校勤務）
美留町綾子　18歳（初参加　京都橘高校）

広島・尾道・これでもか和知連メンバー
高垣　千晶　43歳（初参加　広島尾道吉和中学校　美術教師）

ドイツ・デュッセルドルフ・てんてこ太鼓メンバー
原　令子

公演予定地
ドイツ　シュトゥトガルト
マンハイム
サウルガウ
スイス　インターラーケン
トゥーン　です。

オランダ
ドイツ
ポーランド
ベルギー
フランス
マンハイム
チェコ
シュトウットガルト
スイス
サウルガウ
ベルン
トウーン
インターラーケン
オーストリア
イタリア
1999年訪問先　●印

いつも公演予定地が決まると、ファックスで恵子さんが知らせてくれますが、今回、空手道場で交流会というのが有り、太鼓は叩かないけど、ちょっと教えてほしいという感じの内容でした。どの様にしようかと思いましたが、はっきりしないのでおいておきました。この公演が、結構大変で、おもしろいことが有ったのですが、後ほど話します。

さて、去年とほぼ同じ要領で太鼓を送り、私たちも出発です。今回も悩んだのは、ホームステイ先へのおみやげです。今年は、合同練習の時録音をし、それをCDにして、おみやげとして持っていくこととしました。出来はいまいちだったのですが、結構喜んでもらい、最終的には足りませんでした。

『シュトゥトガルト』平成十一年四月二十九日

一年ぶりのフランクフルト空港（でも、本当は去年の七月に来てるから一年のうちに二度訪れたことになりますが……）に降り立ち、電車でシュトゥトガルトへ。夜、といってもかなり明るい八時に到着。早速ホームステイの方々のお世話になります。やはり〝御対面〟はいつも緊張します。私は恵子さんの所に再び（平成十一年四月二十九日～三十日）泊めてもらうので気が楽ですが、美奈ちゃんは、わずかばかりの知っているドイツ語がもとで夫婦喧嘩が起きてしまったそうです。

駅で挨拶の時、美奈ちゃんが、私の知っているドイツ語は「グーテンターク、ダンケシェーン、それとイッヒ　リーベ……」と後が続いて出てこず、ホームスティ先の旦那さんが「イッヒ　リーベ　ディッヒ（愛しています）だよ」と教えてくれたのを、何回も旦那さんに言ったんだそうです。それを横で聞いていた奥さんの顔色が変わっていったそうです。知らないということは恐ろしいことです。

明日は名誉総領事を再び表敬訪問し、夜、最初の公演です。恵子さんも地元とあって力が入っています。前売りチケットは完売。千二百人が来ます
到着した晩は、恵子さんの所に孝と耕ちゃんとでお世話になりました。家までの道すがら、五月祭をしているので行こうということとなりました。普段はだだっぴろい駐車場なのに、お祭りの二週間だけそこが遊園地になります。とにかく、電飾を使った奇麗な遊園地です。日本にもあるフリーホイールという、自然落下の乗りものなんかもあり、本格的です。でも、人が手作業で一週間ぐらいで仕上げたと聞いて、乗るのをやめました。

次の日、シュミット名誉総領事を表敬訪問、去年やったように、チンドンでご挨拶です。ドイツ人秘書の方にも楽しそうにみていただきました。それから、シュトゥトガルト市長を表敬訪問。市庁舎の中に古いエレベーターがあるのですが、マッチ箱のような箱が、止まることなく下に行ったり上に行ったりして、人を運びます。人は、飛び乗るといった感じで上や下に行くのですが、おもしろくて、ちょつとの間、そこで遊んでいました。

市主催の昼食会の前に、部屋を暗くして市の観光ビデオを見せていただきました。ところが、英語での説明と旅疲れのところに歓迎酒が出たお陰で、ビデオが流れる間、メンバー全員がぐっすりと眠りこんでしまい、ビデオ終了とともに慌てて目をこすったというようなシーンもありました。その後、公演準備に取りかかります。この公演では、地元の日本人会の盆踊りクラブの皆さんが協力して下さることになり、東京音頭と花笠音頭で踊ってもらうことになっていました。その打ち合わせも終わり、夜七時からの公演に備えます。

本日の演目

竹田の子守唄	5分
三宅	5分
若鮎	10分
盆踊り（花笠・東京）	10分
チンドン	5分
大太鼓	10分
祭り	10分
中国太郎	25分
――終了――	アンコール
屋台ばやし	10分

今年は昨年の恵子さんの横断幕に刺激されて、小泉さんが江川太鼓と和っ鼓のたれ幕を作ってきてくれました。その幕もステージにベストマッチしています。

立ち見が出ました。チケットが足りないので、急遽、樋口さんの写真入りの名刺をチケットがわりに配りました。ところで、私は恵子さんとベンハートさんが今年同棲生活をへて、無事ゴールインされると聞き、この公演の時、お二人にあるプレゼントをすることにしていました。幕間を利用して、二人の結婚プレゼントとして次の曲「中国太郎」を捧げますということをお客さんに伝えました。笑いが出たので、無事伝わったと思いましたが、恵子さんからもう少し英語を勉強したほうがいいと言われてしまいました。

スタンディングオベーションで幕を閉じました。終わってみたら、去年訪れた、ドナウエッシンゲンのホームスティ先の方々が貸し切りバスでわざわざ観に来てくれたのです。懐かしい再会でした。ルッツご夫妻も来てくれました。

『マンハイム』平成十一年一日

次の日、次なる公演地に移動です。途中、ハイデルベルグに寄って城下町を散策。ここはドイツで最も古い大学のある町で、三万人近い学生が学んでいるそうです。ハイデルベルグ城は、中世の戦いで城壁が壊れていましたが、その壁の厚さが七メートルと聞いて、どんな大砲を打っていたのかと、思わざるを得ませんでした。また城の地下には、世界一大きなワイン樽があり、兵士の志気を養っていたそうです。また、裏手には町を一望できるテラスがあり、王様が戦いに出るのを皇后様が見送ったそうです。しかし、よくある話で、王のいない間に兵士が皇后様といい仲になり、途中から引き返してきた王に見つかりそうになったため、兵士はそのテラスへ飛び降りたそうです。その飛び降りた足跡があり、その足跡と自分の足を比べて、サイズに違いがなければその人も浮気性というういい伝えがあるそうです。うちのメンバーでは孝がぴったりでした。みんな大納得です。

マンハイムに昼過ぎに到着。今日のホームスティ先は、シュディーさん夫妻です。シュディーさんはBASFというビデオテープとかCDの製作をしている化学会社の重役さんで親日家です。私は剛とペアーです。シュディーさんの自宅に着いてびっくりしました。何と、日本庭園がデーンとあり、石燈籠まであります。なんでも、自分で作られたそうです。剛のお父さんは庭師だというと、今度ぜひ連れてきてくれとせがまれて、剛は簡単に「イエス、イエス」と言っています。

さて、公演です。マンハイム音楽学校の音楽会に参加ということで、ライン・ネッカー独日協会が後援してくださいました。その会員である越智さんという方がマンハイムの音楽学校のギターの先生をしていらっしゃり、彼の協力を得て、この会場で今回のマンハイム公演の運びとなりました。始めは、学生さんのパーカーションアンサンブルです。私は、旅の疲れと心地よい音についつい居眠りをしてしまいました。ふと見ると、隣の美奈ちゃんもしっかり寝ていました。太鼓の本番は越智先生のドラの音ではじまりました。寝たおかげで演奏も、いい出来でした。シュ

マンハイムのガストファミリー　シュデー夫妻
手作りの日本庭園にて

ディー夫妻の姿も見えました。帰りもシュディーさんに乗せてもらって帰りましたが、非常に喜んでみていただいたそうです。夕ご飯は私たちのために日本食を作ってくれ、おいしいご飯に舌鼓を打ちました。私は二時間にも及ぶ公演であせまみれになった晒《さら》しが洗いたくて、洗濯機を貸してくれと言ったのですが、なかなか通じません。仕方ないのでシャワー室の洗面台で洗って干すことにしました。部屋に吊してしていると、シュディーさんがやってきて、干す場所にいいところがあると言って連れていってくれました。地下のボイラー室ですが、そこにしっかり洗濯機と乾燥機があります。すっかり嬉しくなって「このこと、このこと」とシュディーさんに言って、騒いでいました。そしてそこで洗濯やり直し。朝、起きたら洗濯ものが奇麗にたたんで置いてありました。朝食の時、お母さんにお礼を言うと、「なんでもないことよ」と嬉しそうに笑ってくれました。

シュディー夫妻には子供さんがいません。が、とても仲睦まじく、余生を送られている感じで、朝食の準備も何か楽しそうに話しながらしておられたのが印象的でした。今も二人とも、元気で庭いじりしてるかなー。

朝、集合場所に行って、シュディーさんにお別れを言うと、あれはどういう意味だと言ってこられました。何のことやら分からないので、近くにいた原さんに通訳してもらったところ、「中国太郎」の演奏の前に私が言うナレーションのことだったのです。原さんにお願いして、ドイツ語に訳してもらおうとすると、シュディーさんに、訳はいいから、日本語で書いてくれと言われました。自分で訳して楽しむんだそうです。こんなところにも、人生をどう楽しむかということが分かっている人たちだと考えさせられました。たぶん、私だったら、原さんに訳してもらっていただろうなー。自分の人生をどうすれば楽しく生き通せられるか、シュディーさんに教えてもらった気がしました。さて、次の公演地に出発です。

「こいちゃん日記　〜マンハイム編〜」

今日の公演地、マンハイム音楽学校への搬入をして、とりあえず公演時間まで各ホームステイ先に解散です。今日はマンハイム音楽学校のピアノの先生をしている方のお家にお世話になります。

家に着くといきなり、20歳の娘さんアニヤが、厚手の靴下を渡してくれました。「日本人は家の中で靴を履くことに慣れていないから、これで家の中をウロウロしてください。」ということだった様で、ありがたく借してもらいました。

それから二時間は、特にすることもなかったので、ママお手製のケーキをいただいたり、お土産のCDを聞いてもらったり、篠笛を聞いてもらったりしていました。それでもまだ時間を持て余してしまったので、ふと庭一面に咲いている、かわいい花が目にとまり、「これは何ですか?」とアニヤに聞くと、彼女は独日辞典を出してきてくれて、「ガチョウ……アヒル……」と一生懸命説明してくれたのですが、結局、その時は何のことだかわからずじまいでした（最近になってそれがようやく、〝ひなぎく〟と判明した）。

今回の公演は、音楽学校の音楽会に参加する、という形で行なわれました。自分たちの出演前に、生徒さん達のパーカッション・アンサンブルなどを聴くことができて良かったのですが、公演が始まってみると、この会場がホールではなく「教室」だったので、舞台袖というものが存在せず、舞台の後ろの壁と、部屋の壁の隙間（しかも物が沢山置いてある）に待機メンバーが全員ぎゅうぎゅうと入り込み、女性達はそこではっぴから浴衣に着替えるという、ナカナカすごい状態でした。

終了後、大太鼓を打ってみたいお客さん達に代わる代わる打ってもらったり、送り太鼓をしたりしました。公演を見ていたホームステイのママは、「スーパーグレイトッ！　わかる？　スーパーグレイトよっ!!」と、大喜びしてくれていました。

『サウルガウ』平成十一年五月二日

三時間後、到着です。サウルガウ市は、シュトゥトガルト市から南に百二十キロ、ドイツでも最南部に位置します。バロック街道上に田園風景の広がる田舎町ですが、五百年以上の間オーストリア領だった所で、ハプスブルグ家の影響を受け、町の中には、マリア・テレサの像がたち、歴史を物語っています。そして、なんとここには、一九九二年から日本人学校として桐蔭学園のドイツ校があります。全寮制で百人近い日本人の生徒たちが勉強に励んでいるとのこと、親御さんたちは、ヨーロッパや中東に駐在する日本企業にお勤めの方々だそうです。いつもは七月にする学園祭を、わざわざ私たちの日程に合わせてくれました。

町は、本当に小さな田舎町ですが会場は市のホールですごく立派です。なんか、川本みたい。そこのホールで準備をして、時間まで今日のホームスティ先に行きます。今日の相棒は強力メンバーです。森脇リーダー、市川さん、細川さんです。ホストファミリーはウェツェルさん一家です。運送屋を経営されていて、馬も所有。家も三階建ての大変大きな家です。四人も泊めてもらって、大丈夫かなと心配でしたが、これなら十人でもいいくらいです。

いい天気の五月二日の日曜日です。お母さんが、お茶を飲みましょうと誘ってくれたので、皆でいただきます。コーヒーと手作りのチョコケーキ、おいしそうです。食べ終わるとお代わりはと聞かれます。私はお代わりをしながら森脇さんを見ました。なぜって、彼は最初の年、チョコケーキでほろ苦い思い出があったのです。彼は物事に迷うと「いやー、どうしょうかなー」というのが口癖でした。ドイツでは後半の「どうしょうかなー」が抜けていました。

　あるホームスティ先の朝食のあとのコーヒータイムでケーキが出て、お代わりはと聞かれ、森脇さんは「いゃー」というと、すかさず、お代わりが出てきて困ったそうです。ドイツ語で「いゃー」は「はい」の意味だと知ったのはずいぶん後になってからでした。そのことを思い出したんです。今回はちゃんと断っていました。

　その後、ご主人が嬉しそうに入ってきて、F1のレース中継を見始めました。私もレースは大好き。ドイツ出身のミハエルシューマッハがポールトーウィンを飾り、ウェツェルおじさんが喜んだのは当たり前です。私もついつい夢中になってしまった。

　開演前までかなり時間があったので、外で三味線を弾いて練習をしました。家族の皆が寄ってきて聴いてくれます。天気もいいし気持ちのいいひとときでした。ふと上を見ると、セスナがかなり飛んでいます。近くに飛行場があるそうで、グライダーを引いて飛んでいます。でもその中に、まさか、渡津　久美と平さんの乗った飛行機があるとはしりませんでした。公演前にスイス近くまで乗せてもらったそうです。なんて国だ。

　このサウルガウの公演から恵子さんのドイツのお友達が、公演のバックアップのためかけつけてくれました。カローラさんとペトラさんです。司会や写真、ビデオと非常に助かりました。スイスまでは心強い味方です。なんでも、去年の公演を見て感動、今回はお手伝いしていただける事となりました。この後何回も私たちの公演を見守っていただいたのですが、「飽きませんか」と聞くと、「全然」とのこと。ルードビィッヒ二世にそっくりなメンバーの渡津孝文のファンで、曲は中国太郎が好きだそうです。できれば太鼓と孝は別もので考えてね。

今日は、日本人が大勢観に来てくださったので、のりのりでした。拍手と共に地震かと思えるくらいの地響きで何事かと驚きました。皆、足で拍手しているようなものです。聞くと、スタンディングオベーションよりもっとすごいアンコールのゼスチャーだそうです。もちろんお応えしました。

次の日の朝、集合場所へ行く前にその町の教会に連れていってもらいました。天井の壁画もすばらしいものです。こんな小さな町にもこんな立派な教会があることがやはり自慢でもあるのでしょう。また、サウルガウ市は、鉱泉が湧き、大きな温水プールもあり、保養地としても有名になりつつあるそうです。

今日は、移動日です。


「こうちゃん日記　～竹下　耕二が語る、恵子さんという人～」

Allgaier Keiko（以下恵子さん）さんとの出会いは衝撃的の一言でした。小さい頃から一度は訪れてみたいとずっと夢みていたヨーロッパ。その思いは憧れだけで、すでに自分の中では忘れかけていたものでした。それが太鼓によって実現するなんて……。
憧れの地へ行ける喜びから浮かれてはいるし、そして物事を深く考えない自分の性格から、ドイツでの日程はもちろん、本公演の案内をしていただく方が誰なのかなんて全く把握しておらずフランクフルト空港には日本語が通じるドイツ人が迎えに来ているものと勝手に一人思い込んでいました。

そんな自分をフランクフルト空港で待っていたのは、容姿はどうみても100%日本人、そして、太鼓のメンバーみんなの度肝をぬかすド派手なメガネ、自分たちがチョットでもふざけた行動をしようものなら、「何してるざあますか！」とお叱りがとんできそうな雰囲気の人こそ、恵子さんだったのです。そして、受けた印象そのままの行動。初顔合わせの挨拶はそこそこで、これからの日程を淡々と話し始め、小さい子供が集まったようなわがままメンバーを早くも仕切ってしまうリーダー気質、こんな人に目を付けられたらたまったものじゃない。この時「この人に近づかないほうが身のためだ」と思ったのを今でも覚えています。

恵子さんの日程説明により、これから三時間、列車の移動があると聞いたとき、自分の頭の中には「恵子さんとは離れて座らなければ」ということでした。そして、その目的に向かってまっしぐらで頑張りましたが、他のメンバーより行動がとろいのか、運命のいたずらか、神様のいたずらか、何故か恵子さんと同じ座席になってしまいました。

恵子さんと同席になったことにより、大変厳しく、険しい時間と思われた列車の移動時間、同じ座席に座り会話をしないまま三時間を過ごす訳にもいかず、警戒しつつ、恵子さんとの会話が始まりました。列車に乗りしばらくは、お互いの自己紹介など、お決まりの会話だったのが、気がつくと、バカ見たいな雑談に花が咲き、冗談が飛び交う楽しい移動時間となってしまいました。

St. Josefkapelle in Bog…
die Maiandachten jew…
um 20 Uhr statt, also …
und 26. Mai.

Ensemble „Gogawa Daiko" in der Stadthalle

Die mitreißende Extase der japanischen Trommler

SAULGAU (wol) – Die japanischen Trommlergruppen „Gogawa Daiko" aus Shimane und „Wakko" aus Kyoto bildeten am Sonntag abend den Höhepunkt der Deutsch-Japanischen Tage in Saulgau.

Beim Konzert in Stuttgart tags zuvor hatten 800 Interessenten abgewiesen werden müssen; die Saulgauer Stadthalle war immerhin zu zwei Dritteln voll, als die zwanzig Künstler ihr Konzert begannen. Wie mittelalterliche Gaukler kamen vier japanische Musiker durch die Reihen des Publikums, mit einer Doppeltrommel, Flöte, Zimbel und einer Art Kastanietten. Die fünf „Taiko"-Holztrommeln auf dem Podium erinnerten an große Holzfässer, die auf beiden Seiten mit Trommelfellen bespannt wurden. Ihr Klang repräsentiert die Stimme Buddhas. Mit viel Grazie stellten sich neun Trommlerinnen und Trommler auf beiden Seiten der riesigen Taikos auf. Mit den ersten Trommelklängen kamen die Körper der Künstler in Bewegung, symmetrisch wirbelten auf beiden Seiten jedes Taiko die Hände, und schnell waren die Zuschauer in den Bann gezogen. Mit Sprechgesängen wurden die Zuhörer in die zündenden Rhythmen eingestimmt und begannen bald mitzuklatschen, während drei Trommlerinnen mit ihren Schlegeln wahre Zirkuskünste vollführten. Zwischendurch kamen wieder träumerische, verzaubernde Stücke, etwa das Quintett mit zwei Flöten, einer Trommel, einer Art Kastaniette und Gesang. Dann wurde der große „Taiko" hereingezogen, etwa in der Größe des Heidelberger Fasses. Mit stark schwankenden Rhythmen, die von der ganzen Gruppe exakt mitgetragen wurden, bearbeitete einer der Künstler das Instrument, geriet mit immer stürmischeren Wirbeln in Exstase, die den ganzen Körper, aber auch das Publikum, mitrissen.

Für die Geschichte von der Überschwemmung des Dorfes Shimane, die einer der Künstler auf japanisch erzählte, wurde eine Reihe Ballons angezündet. Sie sollten an die Lichter erinnern, die nachts den Schiffe zwischen den beiden Ortsteilen zur Orientierung dienten. Die Tarzan-ähnlich gekleideten Trommler stellten die Jugendlichen dar, die die Überschwemmung überlebt hatten und den Ort wieder aufbauten. In der letzten Szene saßen sieben Männer und Frauen auf dem Boden an schräg aufgestellten Trommeln, während einer der Künstler schließlich den „Heidelberg-Taiko" bestieg und von oben mit überlangen Schlegeln bespielte. Die Musik wurde immer leiser, tickte eine Zeit lang wie ein Uhrwerk, um schließlich wieder anzuschwellen.Das Publikum spendete frenetischen Beifall, für den der „Gaukler" der Truppe Süßigkeiten in die Reihen warf.

Symmetrisch und stürmisch bearbeiteten die Trommler ihre „Taikos" von beiden Seiten. SZ-Foto: Lohmiller

Altenbegegnu…

„Europa geht uns alle an"

SAULGAU (sz) – „Eur… alle an" lautet das The… ferats, das Udo Glatt… maringen am heutig… bei der Ökumenischer… nungsstätte Saulgau …

Der Zweitkandidat unse… das Europaparlament … politischen Entwicklung… Er informiert sowohl übe… Neuordnung der Inst… auch über die aktuell… gramme wie Agenda … meinsame Sozialpolitik … „Warum wir am 13. Jun… hen sollten".

Die Veranstaltung b… Uhr im evangelischen G… Saulgau, Gutenbergstra… sind willkommen.

Ökumene

Heute abend Bibelgespräch

SAULGAU – Heute um … der monatliche ökume… gesprächsabend im evan… meindehaus in der Gut… statt. Den 23. Psalm mit… ma „Der gute Hirte" … sprächsleiter Stadtpfarr… Günzler auslegen.

新聞記事

それ以来、私は恵子さんのペースにはまりっぱなし。自分が初めてドイツを訪れて三年が経つ今でもまだ、恵子さんと電話や電子メール等で連絡のやりとりが続いているのはこの時の出会いがあったからこそだと思います。

　恵子さんは自分が今まで出会ったことのない性格の人物で、ドイツ公演に訪れたとき他の太鼓のメンバーが大勢いようが、居なかろうが「元気だった?」「あたしに会えなくて寂しかったでしょー」と恥ずかしげもなくそんなセリフを愛嬌たっぷりで言ってきます。そんな憎めない性格だからこそではあるが、そんなセリフの攻撃が重なると「やっぱり近づかない方が良かった」と秘かに思うことがあります。しかし、そんなセリフを聞いても、恵子さんには、ベンハートさんという素敵な旦那さんがおられることで、とっても安心させられます。

　恵子さんを通してヨーロッパでの素敵な人達

と出会いや素敵な場所へ案内していただいたことに心より感謝いたします。

『マイナウ島観光』平成十一年五月三日

島全体が花に覆われた島。観光客も大勢いますが、きれいな島です。ボーデン湖の西に浮かぶ四十五ヘクタールの花の島。島の中央には、レンアルト・ベナドッテ伯爵のバロック様式の城と聖マリエン教会があり、その建物を一年中花々が囲んでいると言っていいでしょう。気候的にももっとも温暖で、歴史的には、なぜか、スェーデン領となるのです。花、花、花、花好きな人が来たら一日中でも飽きないでしょう。特に好きというわけではない私も圧倒されました。私たちは、メアスブルグという反対岸の街から船に乗りマイナウ島に渡りましたが、マイナウ島の港は、花粉で黄色に染まるのですから。花の数はすごいことを想像してもらえると思います。原さんは残念ながらパスポートを持参していなかったため、この観光を最後にお別れです。ヨーロッパは、陸続きでもこのように国境へ来ると初めて国が変わるのだということを思い出されます。午後からはスイスへ入国です。

「さよなら原さん。また来年」

「皆元気で。また来年」

私たちが帰国する頃を見計らって、原さんからＦＡＸが入りました。

YOSHIKO HARA

岩野　賢　様

お帰りなさい。いろいろとお世話になりありがとうございました。

私にとってはこの4日間、大変充実していて、帰ってからも傍らから予定表を離せず、今頃皆どこにいて何をしている頃だと地図と首っ引きで見ていました。未だに体のどこか三分の一ほど削られたままの気分です。その反面、素晴らしい経験をさせてもらったと思っています。

ドイツで和太鼓に出会った私には、他のグループに入れてもらって、打たせてもらえるなどとは考えも及ばないことでした。特に、演目が足りないと即席で作ってしまったり、またそれを客受けするように演出できると言うのも新鮮でした。本来、太鼓と言うものはそうあるべきものなのでしょう。また、それについていくのが楽しい自分にも素質があるのかも知れません（去年飛び入りしたのはどこのアホじゃ）。

和っ鼓の人達とも言っていたのですが、江川太鼓には来るもの拒まず、去る者は離さず、と言うより、一旦はまれば去ることができない、異常（?）な程のおおらかな包容力を感じます。

こちらで太鼓を保管しておくことができ、定期的に演奏旅行があるということにでもなれば私にとっては理想的ですが。その時には江川太鼓の衣装を身に付けてみたいものです。

5月6日には日本映画の前座で出演し、10日にも30～40分位の公演が入っているのですが、頭の中ではまだ時々、「中国太郎」が響いています。

皆様にどうぞよろしくお伝え下さい。
お元気で、もう今から次回を楽しみにしています。
１９９９年５月７日
原　令子

「こいちゃん日記　～マイナウ観光～」　５月３日

マイナウ島の対岸、メーレスブルクと言う、小さいけれどものすごく趣のある街を散策し、そこから船でマイナウ島に向かいました。島に渡るとき、私を含む一団が集合時間に遅れ、恵子さんに「あれだけ遅れるなって言ったのに！　船が出ちゃったじゃない！　どうするのよ！」と、こっぴどく怒られました。でも、そういう時でもお気に入りの耕ちゃんだけは叱られず、怒りの矛先を向けやすい孝ちゃんに向けられました。「耕ちゃんは別にいいけどねー。孝、みんなあんたが悪いのよっ！」と恐ろしくわかりやすいえこひいきをする恵子さんを、何故だか憎めないのは私だけではないようです。

船で島に到着。そこは、びっくりするような数のチューリップや、美しい風景がそこかしこにあり、思わず「天国みたい」と言ってしまいました。

『スイス入国』平成十一年五月三日

スイスへ入ります。今まで国境を何度か通過しましたが、ヨーロッパ連合の関係で、特にパスポートを見せることなどはなかったのですが、ここは違います。永世中立国です。パスポートのチェックです。バスの中に機銃を担いだ兵士が三人乗りこみ、パスポートのチェックです。皆恐くないのか写真を撮っていました。僕も遅れて写真を撮ったら睨まれた。それって、日本語で〝えこひいき〟って言うんですよと思わず言いそうになった。

今日は久々のホテルどまりです。コローネホテルというチューリッヒ駅の近くにあるホテルです。渡辺さんと高垣さんはホームステイ大好き病にかかり、残念だといい、初老組は何となく嬉しそうです。

部屋で渡辺さんと落ち着いて話す機会があり、彼がこのドイツ公演に向けて大変な苦労をしてやってきたことを知りました。そんな素振り一つ見せずに一生懸命頑張っている彼に強い男らしさと、頼れる先生、優

スイス大使館にて

しい父親の一面を見ました。今の学校には、こんな実行力のある渡辺さんや高垣さんのような先生が本当に必要なきがします。そして、渡辺さんとの会話の後、私は「皆、それぞれ苦労して、また周りの人に助けられ、家族に支えられながらこの旅をしているんだなぁ」と思いました。今から渡辺さんのことを「有言実行の男」と呼ぶことにします。その男は公演で大太鼓を叩き、拍手喝采を浴びていました。そして、公演旅行中、ずっと口髭を伸ばし、どことなくフランス人に似ていると言う皆の意見に、まんざらでもない様子でした。

夕食を食べてから、電車で駅まで探検です。渡辺さん、高垣さん、小泉さん、みなちゃんで乗り込みます。スイスは基本的にドイツ語ですが、ドイツの人が聞いても、分からない時があるそうです。スイス訛りとでも言いましょうか。駅では、ここにしかないと言われた時計を買いましたが、なんのことはない他所にもしっかりありました。でも、確かに値段は安かったです。

「ムッシュ　渡辺のドイツ公演日記　〜出発編〜」

ドイツ公演出発の数ヶ月前、こいちゃんの家で上戸さん、平さんに前回のドイツ公演の写真やビデオを見せてもらって「渡辺さんも一緒に行かない？」と誘われましたが、全く別世界の話しで、はなから考える気にもなりませんでした。夏休み中ならともかく、教師にとって授業を休んで旅行に行くなどと言う行為は、社会的、倫理的に許されるものではないと思っていました。平日に有給休暇を取れる職種だったら良かったのになぁー。

しばらくして、こいちゃんから公演の日程を知らされて、「ひょっとしたら行けるかもしれへん」と思い始めました。4月29日から5月7日は、ちょうど一泊研修などの行事があり、終日授業があるのは1日だけでした。その日の授業を他の日に振り替えれば、授業を休まずに行けると思いました。

ホームステイで、しかも外国で和太鼓を演奏する。こんなチャンスは二度とないだろう。そう思ったら、もう行きたくてたまらなくなりました。

しかし、許可がでるだろうか？　どう切り出せばよいか悩みに悩んだが、結局、かなりの嘘を織りまぜて、3月の始めに校長に打診してみました。

『「ドイツのシュトゥトガルト文化局、スイスの日本大使館から、国際文化交流のためのボランティアとして、日本の和太鼓の演奏を地方都市でお願いしたい」と言う要請が、私の所属する和太鼓サークルにあり、要請を受けました。ところが、当初予定していたメンバーが、三人も行けなくなり、どうしても人数が足りないので、メンバーでもある私に「なんとか都合をつけれないか？」と言われていますが、その期間有給休暇を取ることを許可してもらえないでしょうか？』

最初、難色を示めされていたが、日程を聴いて「授業振り替えをして授業に支障を来さないようならばいいだろう。」と許可をもらいました。校長は逆に家庭のほうは大丈夫かと心配して頂きました。校長が心配されるのも無理はありません。何故ならば、妻を6年前に癌で亡くしており、家にはまだまだ育ち盛りの子供が3人居たからです。10日間も家を空けて、しかも外国に行くなどと言うのは冒険でした。

私の母も同じ思いでしたが、仕事、家事、子育てと一人四役を必死にこなし、一番大変だった時期を乗り切ったことを母も充分知っていましたから、最終的には許してくれました。

よし、決めた！　ドイツに行くぞ！

自分で望み、決めたこととは言え、行くための準備は思った以上に大変でした。休んでいる間の授業以外の校務に支障をきたさないよう何度も綿密に案を練り、校内外の関係者とも、何度も連絡を取りました。授業は振り替え、自治会においては役員をしていたので、不在中の仕事の段取りを整え、他の役員にフォローの依頼もしておきました。そして、10日間の子供たちの食事の段取り、子供たちの仕事の分担も思いつく限り書き出しました（これがかなり大変な作業でした）。また、私自身、初めての海外旅行だったので、自分の旅行準備でも戸惑うことも多かったです。

しかし、これだけの準備をしたにも関わらず、学校の校務分掌の方には理解が得られず、翌年には他の分掌に配置換えを余儀なくされました。

太鼓の練習は、準備のためにかなりいい加減になっていました。その為、肝心の公演の方は不安を抱えた形となりました。

このように大変な思いをして出かけたのですが、これだけの苦労をする価値、いや、それ以上に素晴らしい意義のあるツアーでした。本当に参加できて良かったと感謝しています。

『ベルン』平成十一年五月四日

クイズ：スイスの首都はどこですか？　チューリッヒと答えた人、まちがいです。ジュネーブでもありません。首都はベルンです。

次の日、スイスの首都ベルンに行き、スイス日本大使館のレセプションに出席です。ベルンの町は、周りをアーレ川に囲まれた自然の要塞の中にあり、中世の町並がそのまま残っている街です。小高い丘にばら公園があり、そこから見る景色はまさに絶景です。世界遺産の指定を受けているだけはあって見応えがあります。本当に中世にタイムスリップしたようです。スイスに入ってから私のカメラは、途中で電池を入れ替えるぐらいに写しまくりました。夕方五時にはスイス日本大使館に到着予定が、渋滞に巻き込まれ、六時ぐらいになりました。

橋本一等書記官と文化部のトシコ・ウェーバーさんが出迎えてくれました。久々に日本料理を頂き、橋本書記官が明日は楽しみにしていますと挨拶されました。明日は、インタ

ベルン旧市内

ーラーケンで公演です。今日はそのインターラーケンまで移動です。

ここでスイスのことをちょっと話します。スイスは中立国で軍隊を持っています。若者は、成人までに三年の兵役義務があります。続けて三年でも、一年置きでもいいから兵役を受けなくてはなりません。スイスの人たちは、戦争は反対だが、この兵役によって、若者の資質が向上しているのは確かだと言っています。日本もそんな何かを考えるといいのにと思いました。

また、言葉はドイツ語ですが、ドイツ人が聞いても分からないくらいスイス訛りが入るそうです。当然、私が聞いても分からない。それと私がすごく気に入ったものが景色と、ビールの副産物から造ったリベーラという飲物です。乳酸菌と炭酸を混ぜたもので、ワインのように赤と白がありります。スイスにいる間中飲み続けました。飲み過ぎてお腹が下りましたけど、非常においしい飲物です。

『インターラーケン』平成十一年五月四日

インターラーケンは登山の好きな方ならご存じのはず。ユングフラウヨッホやアイガー、メンヒの三つの山の麓にある観光町です。インターラーケンとは〝湖の間〟という意味で、トゥーン湖とフリエンツ湖にはさまれた町です。私はここでも写真を撮りまくりましたが、ある時気がつきました。この美しさは、印画紙に焼き付けてもあまり意味がないと。この頃からしっかり目に焼き付けることとしました。

ここの主催はスイスの日本大使館と国際親善協会、インターラーケン市です。国際親善協会のシュルネッガー会長が挨拶をされ、明日の打ち合わせをしました。観光地であるため私のホームステイ先は会長が挨拶されたホテルです。オーナーが協会の会員の方で、ホームステイとは言えホテルに泊まるのです。メンバーほとんどがホテル泊まりです。部屋から見るアイガーも本当にきれいでした。夜遅くなっても、テラスから眺めていたら、上の部屋のテラスから孝も眺めていました。明日は夕方から本番です。今回のツアーの最終公演です。

翌朝、シュルネッガーさんのお誘いで市内を散策です。聞くところによると、会長は元、インターラーケン市の市長さんだそうで、親日家でもあり、滋賀県大津市との姉妹縁組みもしておられます。もうずいぶんお年の方ですが、足腰は丈夫そうです。私たちよりも歩くのが速かったです。昼からチンドンで公演の宣伝をして歩きました。市内には結構、日本人観光客も多く、何時からやるのかと聞かれました。

さあ本番です。場所は中学校のホールです。約三階の高さまで太鼓をエレベーター無しで上げなくてはなりません。ちなみに、大太鼓だけでも重量が一〇〇キロあります。きっ、きつい。でも、コンサートが終わってお客さんからアンコールをいただくと、この辛さも吹っ飛びます。

そして、心も熱くなります。そのせいかどうかは判りませんが、江川太鼓の小太鼓の飾りとして使っている提灯も熱くなり、ステージの上で本当に燃えてしまいました。お客さんがとっさに消してくれました。あぶない、あぶない。

Musikalische Fertigkeiten, tänzerisches wie akrobatisches Können demonstrierend, brachten zwei Trommlergruppen aus Japan fernöstliches Kulturgut nach Interlaken.

Trommelwirbel über Kulturgrenzen

Zwei japanische Trommelgruppen besuchten Interlaken

Ihren einzigen Auftritt in der Schweiz hatten die beiden japanischen Trommlergruppen, die gegenwärtig auf Europatournee unterwegs sind, am Mittwoch in Interlaken, wo sie mit ihrem rund eineinhalbstündigen, mit zündenden Rhythmen gefüllten Abendprogramm zu begeistern wussten.

Von Erwin Kolb
(Text und Foto)

90 Minuten lang beherrschten sie das Bühnengeschehen, füllten die grosse Aula der Sekundarschule Interlaken mit zündenden Trommelklängen und begeisterten ihre Zuhörerschaft: Die Frauen und Männer der beiden japanischen Trommlergruppen, die – unterwegs auf Deutschlandtournee – einen Abstecher ins Berner Oberland machten, stellten in Interlaken bei ihrem einzigen Auftritt in der Schweiz japanisches, fernöstliches Kulturgut vor. Durch Vermittlung seiner Exzellenz, des japanischen Botschafters in der Schweiz, und aus der wertvollen Pflege freundschaftlicher Bande der International Friendship Association Interlaken herausgewachsen sowie unterstützt durch die Gemeinde Interlaken, wurde es möglich, im Rahmen eines Kulturaustausches die Gruppen Gogawadaiko und Wakkodaiko zu diesem gemeinsamen Auftritt zu bewegen.

Einem Auftritt, der in seiner Einmaligkeit zu begeistern wusste, bekam man doch von den rund 20 Musikerinnen und Musikern Darbietungen zu hören und vor allem auch zu sehen, die staunen liessen, die mitrissen in ihrer Form und ihrer Klangkraft. Darbietungen, die zu Demonstrationen gewaltiger physischer Krafteinsätze wurden, die Beweise aussergewöhnlicher Fertigkeit von Präzision und Können lieferten. Ob die vorgetragenen Werke von deren Komponisten dazu gefertigt, Menschen höheren Kräften näher zu bringen, Götter und Geister wachzurufen oder Fruchtbarkeits-, Glück- und Wohlergehenswünsche auszudrücken – jeder Vortrag, in welcher Formation er auch immer über die Bühne ging, beeindruckte sehr. Gekonnte Choreographien, akrobatisches und tänzerisches Können unterstrichen die musikalischen Fertigkeiten der einzelnen Frauen und Männer der beiden Gruppen immer wieder neu.

Grussadressen an die Gäste aus Fernost, an die grosse Zuhörerschar richteten die Interlakner Vizegemeinderatspräsidentin Sybille Andres und der Vorsitzende der International Friendship Association Interlaken, Fritz Schlunegger, während Mitsuhei Murata, Botschafter Japans, freundschaftliche Worte an die Konzertbesucher und an seine Landsleute richtete. Den mit so viel an tempogeladenem Musizieren gefüllten Abend, der in bester Form vorgetragenes japanisches Kulturgut zu vermitteln und näherzubringen verstand, eröffnete mit flottem Spiel die unter der Leitung von Armin Häsler stehende Interlakner Jugendmusik.

新聞記事

今日はお金を稼ぐために終わってから出口で募金を呼びかけました。太鼓を叩きながら募金を募ると皆なお金を入れてくれます。これが僕たちのホテル代になります。終わって、大使主催の食事会です。

村田大使は非常に今回の公演を喜んでおられ、私たちに食事をご馳走してくださいました。

外は雨です。明日は登山鉄道でユングフラウヨッホに登るのですが、晴れてくれるでしょうか。翌日、恵子さん、カローラさん、ペトラさんとは登山鉄道のあるオスト駅でお別れです。

「みなさんさようなら」

「恵子さん、カローラさん、ペトラさんありがとう、また来ます」回を重ねるごとにお別れに時間がかかるようになりま

シュルネッガーさん（左から２人目）と
スイス登山電車でアイガーへ
この車輛は貸し切りでした。

す。

　ここからは、トシコさんとシュルネッガーさんに案内していただきました。頂上まで三時間の鉄道の旅です。景色がきれい、空気もおいしい、普段も自然の中にいる私たちですが、その私たちでさえ感動のしっぱなしです。都会の人が来たらもっとすごいことになるのでしょうねー。アイガーの山を貫いた鉄道に乗り、途中駅で下車しては山の中腹にある窓から下界を見ますが、残念ながら見えませんでした。頂上に着くとそこからエレベーターで一気に展望台まで登ります。そのスピードと言ったらすごい速さです。この頃から皆の動作が鈍くなり、私自身、頭が痛くなり、息苦しさを感じました。空気が薄いことを体が感じ始めました。そこかしこに、「走るな！」の看板が立っています、走るとふらふらするんです。

　そんな状態にも拘わらず、展望台でチンドンと三味線のジョイントをしました。登る前は寒いかなと思いましたが、実際には太陽が近くて暖かい感じでした。展望台から見る下界は、それは高い。お尻が引き締まる。展望台の床はわざと編み目になっていて下が丸見えなのです。こわーいの一言。私たち以外観光客はいませんでした。こんなガスがでている時に来る客もいないのでしょうか。

　帰りはグリンデルワルト方面の鉄道に乗り、下山です。ここでカメラの電池が切れたので、カメラやさんで電池を買いましたが、撮ることが無駄な気がして急に撮る枚数が減りました。

　インターラーケンに戻り、ホームステイ先に（といってもホテルです）ドイツに帰った恵子さんからＦＡＸが入っていました。

江川太鼓、和っ鼓のみなさまへ

ユングフラウヨッホはいかがでしたでしょうか？　帰りの電車からは、山の上の方が晴れていたので、ひよっとしたら、氷河を見ることができたのではないでしょうか。

結婚のお祝いを皆から頂きましてありがとうございました。皆様に心よりお礼申し上げます。私達の式の予定は1999年9月9日です。

本当にあっという間に時間が過ぎ、昨年度のように反省会をしている暇もありませんでしたが、素晴らしいコンサートをありがとうございました。こちらの方に帰ってきたら、反響が大きかったことが判ります。また、改めて新聞記事等をお送りしたいと思います。コンサートを聴いてくださった皆さんから、素晴らしいコンサートをありがとうと沢山言われました。

皆さんのボランティア精神にどのようにお礼を言っていいのか判りません。それぞれの犠牲の上に成り立っていることもよく存じているので、来年の訪独については、無理矢理お願いはしたくないのですが、もし、また、皆が来てみたいという希望があったら、連絡下さい。すぐに計画を進めます。

大変なことが一つ、事務所に戻ってみると、トレーナーの箱が一つ残っていました。トレーナーが24枚も残っています。どうしたのでしょうか？　年号が入っているので、来年のコンサートには、もう、販売できません。ご指示下さい。

それでは、気をつけて！　日本に良き思い出を持ち帰ってくださいね。

Seeward

『ツゥーン』平成十一年五月五日

夜は、隣のツゥーン市の空手道場の方たちと交流会です。来る前から気にはなっていましたが何をすればいいのやら、と思っていたら、トシコさんの携帯に「太鼓を持って来て」という知らせが入り、やはり太鼓を叩いてほしいということになりました。三十分くらいとのこと、ところが行ってみると、ツゥーン市の市長は来ているは、お客さんはいるはで、結局大太鼓も搬入して本格的な公演となりました。

ここのオーナーは、ハンス・ミューラーさんと言って、日本で空手を覚え師範代になられた方です。奥さんは日本人で、ミサ・ミューラーさんといいます。この道場も弟さんが、日本で宮大工の勉強をされ、自分たちで作ったそうです。すばらしい道場です。奥さんが、

スイスの山々をバックに
ツゥーン市のハンス空手道場にて

初めはキャンピングカーで生活しながら大変な苦労をされたそうです。でも、周りの方が援助してくれ、ここまでのものができたそうです。

ここでの公演も二時間ぐらいを予定し、始めましたが、太鼓を見たことがない人が大勢いることと、空手の型と太鼓の所作が似ていることなどから異常に受けました。やってよかったと思いました。終わってから、皆に太鼓を叩いてもらいましたが、楽しそうに子供たちも叩いていました。打ち上げをしていただき、私はワインがいつもよりすすみました。帰りのバスは大宴会に変貌。皆も気持ちがよかったのでしょう。こうして本当の最後の第二回ヨーロッパ公演が終わりました。明日は、ルッツェルン経由でチューリッヒ空港からフランクフルトに戻り関西空港へ帰ります。

朝八時、お世話になったツュルネッガーさんと別れを惜しみつつ、インターラーケンを後にしました。

「平ちゃん日記　～ツゥーン編～」

ユングフラウヨッホから戻り、インターラーケンから車で20分位の所、ツゥーン市。空手道場で少しだけ太鼓を叩くことになり向かいましたが、そこへ、市長さん達が来られることになって急遽、予定変更で、昨日の公演プログラムをそのまますることになりました。体力的にはかなりハードでしたが、子供たちの思っていた以上に静かに見てくれたお陰で楽しい演奏となりました（メンバーの中には疲労から、演奏の合間にトイレで吐いた人もいたとか……）。アンコールまで無事に終わり、子供たちと一緒に太鼓を叩く時間も少しだけ取れて、その後打ち上げとなりました。

この打ち上げ、私たちのツアーの打ち上げも兼ねていて、皆ワイン飲みまくりのすごい状態でした。そこでは、空手道場の師範代に高垣さんがそれまでドイツ・スイスの街で来ていた〝火消し半纏〟をプレゼントしていました。体格の良い師範にそれがとても似合っていました。

『ルュツルン』平成十一年五月六日

ルュツルンもきれいな町で、別荘がたくさんあるところです。トシコさんも持っているそうです。うらやましい限り。ここで私が強烈な印象を持ったものがあります。市内の大寺院前の坂を登った公園の中にあるライオン記念碑です。フランス革命の際、マリーアントアネットを守って全滅した、786人のスイス傭兵慰霊碑です。お腹に弓が刺さって痛さで顔を歪めながらも、前足でブルボン王朝の百合の紋章をかばっている碑です。歴史の事実として受けとめたときの驚きもさることながら、ライオンの、なんとも言えない表情に感動しました。毎年夏になるとこの前でコンサートが開かれるそうです。できたら、太鼓を叩いて、傭兵たちの勇気を称えたいと思いました。

フライトの時間が迫りました。ありがとうとさようならを繰り返し、スイスを後にしました。フランクフルトでは、小泉さんが、ベルギーの親戚を訪ねるということで残ります。私たちは小泉さんに見送られながら、飛行機に乗り込みました。

帰国してしばらくすると、トシコさんから手紙が来ました。〝帰られてからもあなた方の公演の様子を知らせてくれという、申し出を方々で聞いています。私としても嬉しい限りです〟という、私にとっても嬉しい手紙でした。

二年目の公演で特に強く感じたことは、日本の女性が生き生きとドイツやスイスで生活していると言うことです。私たちからすれば大変だろうなあと思うことも、本人はそう苦痛でもなく、どちらかというと、楽しんで生きておられると感じました。恵子さんにしても、スイスのウェバーさん、ミサさんにしても輝いて生きておられると羨ましく思った旅でした。

スイス大使館　Ｔｏｓｈｉｋｏ　Ｗａｅｂｅｒ

岩野　賢　様

拝復

お便りと川本町のパンフレットを沢山、そして、写真をありがとうございました。とても嬉しく拝見して、すぐにお礼をと思いつつ今日になってしまいお恥ずかしい次第です。お許し下さい。多くの人々に深い感動を与えたあの演奏会のことは折々に語り継がれているようで、先日もインターラーケンで世紀末を祝うイベントを計画している人から電話があり、あの太鼓グループはその頃ヨーロッパに居ないか等聞かれました。本人は太鼓を知らないのですが、素晴らしいものだと評判だからと言っておりました。嬉しいことですね。次回はルツェルンのライオンの前でとのご提案、おもしろいですね。無理かも知れませんがいろいろと働きかけて見るつもりでおります。ルツェルンが実現できなくてもどこか他の町で可能です。来年はシャワハウゼンという町で有島武郎関係の展覧会が予定されてますので、そこでするのもおもしろいなあと思っております。ドイツの国境に近い、とても趣のある良い町です。中世風の町の広場で太鼓を打ったら、西洋と東洋が融合した興味深い絵になるのではないでしょうか。

岩野さんの力強い太鼓の音色、そして、美しい体の動き、大勢の中で花形として光っていらっしゃいました。のどかそうな川本町で江川太鼓が町民から暖かく見守られて、支えられ大きく育っているのでしょうね。いつの日か一度ふらっとお訪ねしてみたいなと考えております。

夏はあちらこちらの夏祭りで江川太鼓の皆様はひっぱりだこでしょうね。お身体をお大切にご活躍下さい。

かしこ

平成11年6月25日

ウェーバー・トシ子

ミサ・ミュラー　岩野　賢　様

お便り頂いたままで申し訳ございませんでした。お元気に太鼓を楽しんでいる事と思います。ハンスも空手の師範と大工さんの仕事で走り回っています。ハンスの弟も仕事が山のようにあると嬉しい悲鳴を上げています。

11年間のこの建物にかけた夢を完全にするためにハンスは毎日仕事をしています。今の所私たちは金銭的にも時間的にも余裕はないのですが、ストレスのないスイスのお陰でどんなことでも楽しめます。例えばこの空手道場を自分たちで建設するというこの工事が始まったときから私たちはこの近くにキャンピングカーで生活をしていました。なにも家財道具のない私たちには簡単な事でした。が、夏のキャンピングカーは一日中30度以上あり蚊がものすごいのです。冬は上下水道が凍結すると言う生活でした。日本ならホームレスといわれ、大変なことでしょう。しかし、こういうことがこちらでは楽しめるのです。私はキャンピングカーの前に小さな畑を作って、随分食事の足しになりました。そして、いつも友達が沢山来てくれました。いつも、笑っていました。家やお金がなくてもこんなに楽しめるということを知りました。私はこんなスイスが大好きです。

人は誰でも夢を持ちそれに向かって進むことがその人を生き生きと映してくれるんですね。皆さん、とっても素敵でした。これからも素敵でいてください。

それでは、さようなら。

『ミレニアム・ドイツ』

前にも書きましたが、二年目の準備をしている頃から、三年間はドイツで夏を過ごしたいと思っていました。石の上にも三年。何か私たちが通った結果が出るような気がしました。別に何の結果が出なくてもいいのだけれど、すでに私たちを歓迎してくれるドイツの人たちがたくさんいるし、ドイツの太鼓叩きの人たちとも友達です。京都にも、お互いが分かりあえる仲間もいます。このことだけでもすごい収穫だと思います。この方たちとは長くいいつき合いをしたいと願っています。しかし、なぜか自分の中には三年という気持ちが沸いていました。早いうちに恵子さんにはそのことを伝え、今年の公演地を当たっていただくことにしました。今年は（二〇〇〇年）、ドイツにおける日本年最後の年です。

『恵子さんがまたまたやってきた。』平成十二年一月十四日

一月の十四日、訪独の日程が、五月か七月かで調整している最中、またもややってきました。恵子さんです。今度は旦那さんのベンハートさんと一緒です。

山口から三江線（広島の三次《みよし》から島根の江津《ごうつ》までの線）を使って、川本入りです。ベンハートさんは本当に町があるのかという不安そうな顔で汽車から下りてきました。

でも、ふるさと会館をみてびっくりしていました。時間があったので石見銀山《いわみぎんざん》に行きましたが、ベンハートさんどころか、恵子さんまで喜んでくれたのは意外でした。

その夜は二人を囲んで盛り上がりました。聞けば恵子さんの田舎は水戸だそうです。水戸と言えば納豆。ベンハートさんに聞くと、大好きとの答えでした。不思議なドイツ人だ。日本食はなんでも好きで、日本酒もいける口です。皆にすすめられてさかんに日本酒を飲んでいました。そもそも、二人の馴れ初めは恵子さんが、日本語学校の先生を副業でなされてて、ベンハートさんがそこの生徒だったそうです。一年で恵子さんのクラスは卒業ですが、なぜかしらベンハートさんは二年目も恵子さんのクラスに入ってきたそうです。恵子さんもそれで初めて彼の存在に気が付いて、お付き合いするようになったとか。お似合いの二人です。

《ひまわりのドイツもこいつもばなし　川本はイタリアの田舎!?》

この次この地（川本）を訪れる時には、主人をここへ一緒に連れてこようと1回目の川本の訪問の際にすでに心に固く決めていました。なぜなら、川本は、日本にも数少なくなってきた田舎の空気が吸える所だからです。日本での〝田舎〟という言葉の響きは、どちらかというとマイナーなイメージがあります。でも、ドイツ語の〝田舎〟の響きには、何かロマンチックで、一種のあこがれの場所のような響きがあるのです。ドイツ人たちは、自然や動物を愛し、それらをとても大切にしているのです。仕事の関係でいつも住めなくても田舎に別荘を持ち、そこへ週末通う人やら、学校の休みになると子供たちを連れて農家で動物や自然と接する時間を持つ家族が大勢います。

彼らは、できるだけ自然と接する時間を自分の生活の中に持つように努力しています。そういう意味では、日本人は、田舎に住む人も都会に住む人も自分が置かれている環境をあまり認識していないかもしれません。どのような生活環境の中に自分があり、また、自分にとって理想的なのかという事など考える事はあまりなく、また、考える余裕がないといったほうが当たっているかもしれません。

ドイツに住み始めて、ドイツ人にまず、感心した事は、人々の間に郷土愛が強くあることです。どの地域に行っても、自分達の土地に誇りを持ち、言葉（方言）に誇りを持っています。だから、多くのドイツ人達は、生まれた土地で育ち、学び、生涯を送り、そこに埋まりたいと思っていて、何でもかんでも大都会にでてという風には、思っていないのです。これは、ドイツの歴史が、その昔、三五〇の領土に分かれていた事に由来するとは思います。それだけをみれば、日本の歴史でも同じようなことが言えるのですが、いつのころから、日本は、大都市に住む事を望む人々ばかりになってしまいました。

日本の地方に住む人達は、もっともっと郷土愛を持ち、また、方言にも誇りを持つべきです。私の例をあげれば、日本の実家へ帰ると、あまりの私の方言（おかしな事に私の方言は、私が日本を離れるときの状態にとどまっているのです）に、〝そのような方言を使う人は、この辺りにはもういない〟と周りの者からよく笑われてしまいます。〝奇麗な言葉を使ったらいいのでは〟とさえも言われてしまうのです。しかし、それはどうでしょう。なぜ、日本では、方言が〝汚く〟なってしまうのでしょうか。日本語の標準化を目指し、方言を話すものは笑われ、恥ずかしいと思わせるような社会は完全にまちがっています。ドイツ人達から私は、自分のふるさとに誇りを持ち、どうどうと方言を話す事を学ばされました。

さて、川本の話にもどりましょう。川本は、過疎化が進み、3人に2人が60歳以上という現実で町に残る若者が実に少ないのだそうです。岩野さんは、〝川本の若者に他から嫁がこないかなー〟とご自分の事のように心配しているのです（岩野さんには、素敵な奥様と3人の可愛いこどもさんがいるので、本当なら他人事ですませられるのでしょうが）それまでに川本の人口の減少は深刻なのだと思います。川本では確かに多くの老人の姿を見かけます。なんとか、町に若者が残れるような対策はないものでしょうか。

一方、川本の町の中には、とてつもなく大きな文化会館がまるで嫁ぎ先を間違えた女王のようにそびえたっています。ここ川本にふるさと会館がなかったたら、川本は、ただの淋しい町であろうと思ったりもしました。これといって、観光がない昔の宿場町川本のこの地にふるさと会館を建てた事は正解だったかも知れません。川本を訪れる人は、この山奥の町中に突如現れる巨大建物に腰を抜かすはずです。

また、訪問者のもう一つの驚きは、この町を流れる時間が他とは違う事です。もちろん、地元の人達にとっては、そんな事はないと思われるでしょう。でも、本当です。同じように24時間が過ぎていくのに過ぎていくスピードが都会とは違います。川本には、ゆったりとした時間が流れ、川本へはじめて行った時に、すでに知っている土地の香がしたのです。川本を訪れたドイツ人のカローラさんとペトラさんの川本の印象を聞いたときの感想は、川本や石見銀山は、イタリアの田舎に似ていると岩野さんに言ったそうです。それを聞いた岩野さんは頭をかしげながら、どうして、イタリアなの⁉　かなと言ったそうですが、しかし、私もその話を聞いて、まさに、それだと思いました。川本は、イタリアの田舎の雰囲気と良く似ています。

イタリアといえども日本人が買い物で訪れる大都市ばかりではありません。イタリアを車で移動すると山の中に突然、町が現れて、家の前でひなたぼっこをしながら、近所の人達とエスプレッソを飲む老人達の姿が見えます。これといって観光客のいない村のカフェに立ち寄れば、まるで、昔から知っているかのように観光客の私たちに、老人達が、当たり前のごとくイタリア語で話し掛けてきます。

そんな素朴で暖かい川本の人間性がイタリアの田舎の人々と実によく似ているのです。川本の人々は、本当に素朴で暖かくて、訪問者を心から歓迎してくれます。これといった観光地でないからこそ、余計にその土地に住む人の温かさがよくみえてくるのかもしれません。観光地でない田舎に住む人達の財産は、まさにそこに住む人々の人柄だと思います。

二度目の川本訪問は、主人と一緒に山陰線から折れて一両電車に乗り継ぎ川本へ向かいました。

なんせ、一両編成の電車など乗った事が無かったので、主人と私は、子供のように興奮していました。川本の駅に着くと下車したのは、私たち二人だけ、電車が私たちをぽつんと残していくと同時に反対側の出口には、岩野さんとタカチャンが待っていてくれるのが見えました。目の前に見える反対側の出口に重い荷物を担いで〝鉄橋〟を渡っていかなければならない事に大きな疑問を持ちましたが、路面をつっきって行けば、川本に失礼になるような気がしたので、私たちは、一応、鉄橋を渡っていく事にしました。

主人とはいろいろなところに旅行しましたが、こんな田舎まで、来た事がなかったので、さすがに主人も驚いているようでした。何に驚いているって、やっぱり、あの嫁ぎ先を間違えたようなふるさと会館にです。そして私たちには、川本のすべてが新鮮で心地よかったのです。宿泊先として紹介されたふるさと会館に隣接のおとぎ館の客室には、すばらしい空間があり、そこに泊まるだけで気持ちが広がっていくようでした。川本でもっとも私たちのお気に入りの場所となったのでした。

さて、恵子さん、ベンハートさん達は一日の滞在でしたが、私達の気持ちをまとめるには十分でした。結局、訪独が七月に決まり、昨年同様の段取りが始まりました。資金繰りは樋口さん、箱詰の検討は私がしました。今年は、太鼓の台をばらして持っていく事にし、その分箱の大きさを小さくしました。また、資金の方も、今年は国際交流基金からの援助が貰えそうです。

第三回ヨーロッパ公演参加者

島根、川本、江川太鼓
団長　樋口　忠三　以下敬称略
リーダー　森脇　淳宏
市川　健昭
朝比奈勝士
岩野　賢
細川　博之
遠藤　幸雄
大畑　英徳（初参加　石見町商工会勤務）
山根　剛
渡津　久美
渡津　美穂（初参加　地元建設業協会事務）
渡津　孝文
竹下　耕二
大屋真由美（初参加　川本高校勤務）
渡津　和子（初参加　カメラ撮映スタッフ）

京都、和っ鼓
　小泉　直美
西村由起子（初参加　㈱関西金属工業所勤務）
美留町直美（初参加　堀川高校二年）
美留町綾子
島内　博（初参加　橘高校）
川崎　民（初参加　桃山高校二年）
永　嶺司（初参加　洛水高校二年）

ドイツ、デュッセルドルフ、てんてこ太鼓
　原　令子

公演先　ウルム
　ボンドルフ
　ラーベンスブルグ
　ハイデルベルグ

オランダ
ドイツ
ポーランド
ベルギー
ハイデルベルク
フランス
ウルム
チェコ
ボンドルフ
ラーベンスブルグ
オーストリア
サンクトガレン
スイス
インスブルック
イタリア
ローマ
2000年訪問先　●印

今回は、各公演地からギャラを少し貰えるようになりました。と言っても、太鼓の運送費ですぐなくなりましたが、私たちにとっては嬉しいことであり、ありがたいことです。今までの二年間の公演の結果がこういう形で出たと思って間違いないと思います。〃お金を出しても見たい〃というふうになること自体大変なことだと思います。

『合同練習とCD録音』平成十二年五月三日―五日

今回も合同練習をしました。五月の連休でしたが、川本メンバーは田植えの合間を縫って参加しました。前年度よりいい状態で録音もし、CDを作りました。この合同練習の二カ月前には、〃和っ鼓〃が十五周年を迎え、京都でコンサートをしました。私たちも応援に駆けつけ、一緒に叩きましたが、まるでドイツの予行練習のようで、曲の組み合わせやステージ上の段取りを合わせるにはいい機会だったように思います。CDはとりあえず二百枚、おみやげ分も入れて作りました。それと、ポストカードを百枚です。ここで考えなくてはいけないのは、レートの問題です。一ドイツマルクが五十円くらいです（二〇〇〇年現在）。CD製作に千五百円くらいかかります。すると、三十マルクですが、ドイツでは高いCDになってしまいます。だから、利益を出そうと思うとなかなかうまくいきません。私は二年目に、Tシャツとトレーナーを作って売ったのですが、ひくいレートのおかげで完全な赤字でした。ようするに日本製品を海外に出すのは大変ということです。それに比べ日本では海外のものは安く手に入れられます。日本企業の苦労がわかります。CDが完売することを祈らずにはおられません。ドイツの物価は今現在、日本よりも安いです。何と言っても、ビールがソフトドリンク並みに安いのは、酒飲みにとっては嬉しいお話です。

『いざ、三度目のドイツへ』平成十二年六月三十日

恵子さんはいつも来独前に色々とアドバイスのメールをくれます。あたたかいメッセージとともに、その内容は次の様なもので、私達の旅の手引書となります。

江川太鼓、和っ鼓の皆様へ

今年で皆様を当地にお迎えして三年目を迎えます。一年だけであったはずの太鼓公演が、3年目も実を結ぶことになり、嬉しいです。本当に皆様の来独には、心より感謝申し上げます。皆様の国際文化に対するご支援を在シュトゥトガルト日本国名誉総領事に代わりお礼申し上げます。くれぐれもよろしくお伝えくださいとのことです。

海外旅行は、すでに馴れていらっしゃる方が多いと思いますので、一般的な事を申し上げたい

と思います。

スケジュール

6月30日

ドイツ到着後、電車にて移動します（2時間30分）。恐らく、この時が荷物を持っての移動ですので、一番つらい時となるかもしれません。出発時刻が決まっていますので、これに間に合うよう行動したいと思います。今回からは、フランクフルトを経由しなくても直行で空港から電車に乗れるようになりました。ウルムの駅に着きましたら、ホームステイ先の皆様がお待ちになっていらっしゃいます。その日は、駅ですぐ解散となります。

7月1日

朝は、各ホームステイ先でゆっくりとしていただき、会場には12時30分に集まる予定です。その時からコンサートが終わるまでホームステイ先には帰りませんので、コンサートに必要なもの全部をお持ちください。会場に着きしだい、昼食を済ませ、その後1時間半ぐらいかけて、南ドイツで一番高い教会の塔がある市内を見学します。ガイドさんが日本人会ウルムのご厚意でつきます。観光後、公演準備に取りかかります。

7月2日

朝、ウルムの中央駅で集合となります。その後、ボンドルフに向かい、天気が良ければ日本庭園で、雨天の場合は市民会館で公演予定です。この日の夜は、市よりの歓迎会があり、市長さんがお見えになります。宿泊はユースホステル形式の施設です。

7月3日

休息日です。オーストリアのインスブルックという街に足を伸ばします。途中スイスを抜けて、お昼頃に目的地に到着し、中華料理を食べて、街の観光に入ります。ガイドさんがつきます。昼と夜の食事は自費となります。お金は、オーストリアシリングが必要です。

7月4日

ドイツに戻ります。宿泊所となる旧修道院（懺悔コースもあるらしい！希望者は名乗り出るように……冗談）この修道院がすばらしい!!　ここで昼食後、街に観光へその後会場へ向かい準備にかかる。準備が終わったら、夕食に修道院へ戻る。準備を整えて、いざ、会場へ

7月5日

一路ハイデルベルグへ。会場は、大学の中庭で1000名ぐらい収容可能です。ホームステイ先での宿泊になります。市庁舎で歓迎会があり、その後、すぐにちんどんで街頭宣伝をします。

7月6日
出発10時フランクフルト空港に向かいます。ルフトハンザでイタリアに向かいます。空港到着後ドライバーが迎えに来ます。ホテル到着後は自由時間。イタリアのお金が必要です。

7月7日
朝、8時30分にホテルにバスが迎えに来ます。午前は、トレビの泉、パンテオン、ナボナ広場、サンピエトロ寺院、ホテルに戻り、昼食を取ります（自費）。14時30分にホテルにバスが来ます。午後はカンビドリオの丘、サンピエトロインピコリ教会、コロッセオ、サンパオロフォーリレムーラ大聖堂を見学。夕食は自費。

7月8日
14時空港に向かうまで自由時間。

気候、服装
ドイツの7月の気候は、日本の北海道と同じ位とお考えください。日中は、暑くなりますが、夜になると涼しいので、ジャケット、春夏用のカーディガンは必要です。フォーマルな場所としては、二回ほどありますが、特別ネクタイ等は必要ないと思います。

ホームステイについて

色々と言葉の面や生活習慣の違いについてご心配なさっていらっしゃるかと思います。しかし、短いドイツ滞在でホームステイの体験は、旅行会社の旅行では体験できません。ホームステイ先では親日家の家庭も多いですし、現地に住んでいらっしゃる日本人の家庭もあります。過去のドイツ滞在で体験した方々は、もうご存じだと思いますが、手取り足取りの会話が一番の思い出として残っているのではないでしょうか。

皆ドイツから帰る時は、今度こそドイツ語習得!と固く誓って飛行機に乗るみたいですが、三年目のあなたはどうですか? 本屋に行ってNHKドイツ語会話は、手にしたものの……やっぱり三年経ってしまった。自分を責めないでください。そんなもんですよ、人間って。

ドイツ人は、はっきりとものごとを伝えるという気質です。遠慮していたら、二度と聞かれずじまいになります。もう一個、あのまんじゅう(ドイツにはないか!?)食べたかったけど、遠慮して断ったら、そのままかたずけられてしまった。なんてことあるでしょう。こんな悔しい思いで、誰かを責めたいけど、誰も責められないって言うことありましたよね。自分の思うことはどんどん主張してください。

水

主に炭酸いりのものですので、ガス抜きのミネラルウォーターをご希望の場合はその旨をお伝えください。

大事な事

今回は、イタリア行きがあります。よって、泥棒なんかにあってしまうかもしれない、と言うことで、人目につかないパスポート用ポーチが必要です。移動中も貴重品の管理には気を使ってください。もちろん、ホテルに貴重品は預けられますが、パスポートとチケットがなくなってしまったら、日本へ皆と帰れなくなるから、気をつけてください。パスポート番号を控えておくようにしましょう。イタリアは、結構危ない国なので、くれぐれも気を引き締めて、ジプシーの子供とか、すり、ひったくりに会わないように気をつけましょう。ホテルの部屋のドアも簡単に開けないようにしましょう。

入浴

こちらの人は、毎日、お風呂に浸ると言うことはしないで、シャワーを浴びます。どうしてもお風呂に入りたい人は、ホームステイ先に話してみてください。体は、風呂桶のなかで洗い、出るときには、栓を抜きます。ドイツでお風呂にあまり入らないと言う理由は大量の水を必要とし、環境汚染につながることや水道料金が高いと言うことにあります。

エチケット

食事の際に「すする」と言う行為。食後の「げっぷ」には気をつけてください。特に美味しいビールを飲んだ後など、気をつけましょう。靴やスリッパを「ひきずる」音も嫌いです。「ドアの開け閉めを静かにする」。鼻水をすすらない。教会、博物館に入ったときに大騒ぎしない。やたら、教会の中や人の写真を取りまくらない。

ドイツ人に驚くこと
食事中でも必要があれば、人前で鼻をかみます。

一般的なアドバイス
スーツケースなしでの移動も何度かありますので、ちょっとした移動用の鞄の持参してください。荷物がはいりきらなくなって、途中で買う人もいますが……（確か岩野さんだった）。

移動中の団体行動
20名を超える団体で移動すると言うことは、本当に大変な事です。まして、私たちの旅は、公演の旅なので、とにかく、時間厳守でお願いします。私に修学旅行の高校教師の役はやらせないでください（船に乗る場面は今回ありません）。

スケジュールについて
皆様がドイツに来てくださるにあたり、細心のスケジュールを立て、各地の方々と密な連絡を取ってまいりましたが、当地にては、予測できなかった不満点も出てくるかも知れません。その際には、速やかに申し出ていただき、問題の解決をしたいと思います。ある程度は異国のことですので、皆様の寛大なるご理解をお願いすることもあるかと思いますが、くれぐれも宜しく御協力の程お願い申し上げます。

ドイツ語一般教養講座

Guten Morgen　グーテンモルゲン　おはよう
Guten Tag　グーテンターク　こんにちは
Guten Abend　グーテンアーベント　こんばんは
Guten Nacht　グーテンナハト　おやすみなさい
Danke　ダンケ　ありがとう
Auf Wiedersehen　アウフベィーダーゼーエン　さようなら

その他、ご質問等は岩野様までお申し出ください。
みなさまのご健康をお祈りするとともに、お会いする近日を楽しみにしております。

アルガイヤー　恵子

今年は、関西空港からの出発です。マイクロバスで岸和田まで行き、そこの健康村で時間を潰し朝を待ちます。出かける前に、孝と初参加の大屋さんが風邪で熱を出しました。初日公演までにはなんとか治りましたが、体調は万全ではなかったでしょう。後で大変なことになりました。

関西空港は大変な混雑でした。〝和っ鼓〟のメンバーとは難なく合流しましたが、チェックインカウンターがコンピューターの故障で、すごい人、人、人。飛行機の出発ぎりぎりでした。十二時間の空の旅も無事終わり、フランクフルトに夕方、六時に到着、例年のごとく電車に乗り換え、今日中に最初の公演地ウルムまで行きます。

電車はドイツの新幹線ICEです。大きな荷物を持っての移動で、おまけに乗り換えがありました。マンハイムで乗り換えの時、私は三味線を入れた鞄がないのに気がつきました。あわてて今、下りた列車に飛び乗り、探していると、戸棚の後ろにおいてありました。私は他のメンバーの鞄を持って下りたので私の鞄は誰かがもって下りてくれるだろうと思っていました。見事に裏切られてしまった。おまけに、メンバーが他の乗客の鞄を間違えてもって下りて、その持ち主があわてて取りに下りてきました。なんとも焦った瞬間でした。そのままだったら、鞄が一つ戻ってこなかったかも。

一日の夜八時、ウルムに到着。私は、今回は奥さん引率なしの遠藤さんと、京都、和っ鼓グループの十六歳の高校生、嶺君と三人で杉本さんという方にお世話になる予定でしたが、急遽、私用でこられなくなり、私たちは、ウルム日本人会の会長宅にお世話になりました。きみこビュウラーさんと言い、ご主人はドイツ人です。何でも、明日はご主人の誕生日だそうで、六十歳になるそうです。夜中、12時を待って、私はお祝いに三味線を弾いてあげることにしました。

ここで、ちょっと三味線のことを話します。私の三味線の流派は高橋竹山流です。大勢で弾く三味線と違って、ソロの弾き語りが特徴ですが、これをステージで弾くというのはかなりプレッシャーです。何度も恥かきをしてうまくなるのです。ドイツには三回とも三味線を持っていきました。非常にデリケートな楽器なので、飛行機では機内持ち込みです。三つに分解できるのでそれを持って入ります。アルミのケースで怪しいものを運ぶ感じに見られるのか、税関ではいつも、「開けて中身を見せなさい」と言われます。そんな三味線ですが、ドイツのホームステイ先ではコミニケーションの大役をうまくこなしてくれます。ビュウラーさんも組み立てるときからビデオを回されて、興味津々、演奏もご家族で聞いていただき、「家族だけで聞くのはもったいないねー」と喜んで頂きました。さて、明日は最初の公演です。

『ウルム』平成十二年七月一日

朝、いつものごとく、時差ボケで眠れません。遠藤さんと近くを散歩して気分転換を図りました。それにしてもきれいな田園風景です。今日の公演は、ウルムにおけるテントで行なわれるウルム文化祭の最終日でその〝取り〟を我々が締めます。会場はドナウ川のすぐそばに設けられた常設のサーカステントで、かなり暑い中での演奏です。

ウルムにはギネスブックに載っている建物が二つあります。一つは、市内にある教会で、世界一、塔が高いのだそうです。高さは百三十五メートル。見上げると首が痛くなります。上まで登ることが出来ますが、階段と聞いて、止めました。

ウルムの街は爆撃で焼け野原になったのですが、この教会は風が四方八方に抜けるようになっていて全壊を免れました。ただし、ステンドグラスは戦後張り替えられました。でもそのステンドグラスもすごく素敵で、正面の一番大きなものには、真中辺りにユダヤの星マークがありました。償いの意味を込めて書いてあるそうです。

ドイツは戦後処理がきちんと進んでいて、その償っていることについては周りの国々からも認められています。学校でも発言の時には手を上げず、指を立て意志を表示します。横断歩道も手は上げません（ナチスの拳手のポーズを連想させるからでしょう）。それに引き替え日本はしなければならないことを次の世代に回しているのではないでしょうか。

もう一つのギネスは、世界一傾いた現役のホテルです。見ると本当に今にも崩れ落ちそうです。今でも観光客が予約待ちで泊まるそうです。千年以上前のもので、瓦替えの時は、同じ時代の建物を探して、取り壊しの時にその瓦を貰うそうです。中も傾いていますがベットは足の長さを変えて水平に寝られるようになっています。でも、泊まっているときに崩れそう。

四時までウルムの市内を観光して、それから準備に入りました。今年は新しい曲もあり、初日でもあり緊張です。でも、心強い味方も応援に来てくれました。ベンハートさんとカローラさんです。カローラさんはすべての公演の司会兼、通訳、ベンハートさんはＣＤ販売兼、寂しがり屋のメンバーの話し相手をしてくれます。嬉しい限りです。

　ウルムの公演では三味線もやりましたがちょっと失敗がありました。でも、終演後、いつも公演を見てくださる方から、「岩野さん、三味線、随分上手になったね」と誉めていただきました。単純に誉めていただいたことが嬉しかったのと、三年間私の三味線を聴き比べていただいたことが本当に嬉しかったです。

公演曲名		転換方法
一、三宅	7分	笛で
二、てんさぐぬ花	3分	てんさぐぬ花演奏中に
三、御神楽	4分	
四、大太鼓	3分	大太鼓演奏中に
五、陶	7分	笛で
六、若鮎&かがり火	10分	チンドン・三味線で
七、わらべ唄	3分	
八、祭り	7分	
九、チンドン	3分	チンドン中に
十、中国太郎	25分	

竹田の子守唄演奏中に

――アンコール――

十一　竹田の子守唄　5分

十二　屋台ばやし　12分

公演自体は大変でした。暑さのあまり、大畑君は笛を吹いていて酸欠になり、手がしびれてしまいました。横になって安静にしてもらいました。しばらくすると今度は、剛君が鼻血が出てしまい、鼻血を出しながらの演奏では絵にならないので休憩してもらいました。江川太鼓単独の公演であれば、無理をしてでも演奏を続けなければ、通常スペアーは居ないところですが、そこは、合同練習をしていたので、二人抜けても、〝和っ鼓〟メンバーが助けてくれます。トラブル続きの公演でしたが、二時間をなんとかやり遂げました。私は私で、来独前の練習で利き腕の肘を痛めていて、何かの拍子に強烈に痛くなり、不安を抱えた公演になりそうな予感でした。

ウルムでの「三宅」は江川太鼓、和っ鼓の合同でやりましたが、やはり若いメンバーのパワーはすごいものがあり、そのパワーがやはりお客さんにもわかるのか曲が終わるとスタンディングオベーションがいきなりあり、うれしかったです。

博べー（島内博子）もそんな「三宅」を叩くメンバーの一人で高校でも太鼓クラブでがんばっています。公演が終わって彼女のまわりには人だかりが出来ていました。

「島内　博べーのウルム日記」

ヨーロッパ公演の初日は、ここウルムから始まりました。公演はサーカステントの会場です。初めて舞台の上に立ったときは、お客さんがどれくらい来られるのかと、ワクワクしていました。本番前に緊張して、ドキドキが止まらなかったけど、曲が始まると、気持ち良く叩けました。初日ということもあり、力が入り、一曲目から手に血豆ができたのですが、沢山のお客さんの声援やいっしょにがんばっているメンバーを見ると元気が出ました。

演奏が終わって、日本人の方が来てくださって「よかったよ」、「これからもがんばってね」など色々な人に言葉をかけてもらい「これからの公演もがんばらないと」という思いが強まりました。

それでも無事公演が終わって、太鼓のパッキングをしている所に、江川太鼓メンバーの渡津久美がやってきました。仕事の関係で、一日遅れの便で一人で島根の川本からこのウルムまでやってきての合流です。よくまあ、一人で来られたものだと感心しました。私にできたかどうか、また、やれと言われてもやる勇気がありません。やっぱり女性は強い！　渡津家は今回姉弟3名の参加プラス親孝行として母親も連れて来ました。

公演を見てくれた子供がサインを求めてやってきました。気持ちよくサイン色紙をみんなに回します。漢字で書くことが絶対条件です。ドイツ人は漢字にはすごく興味があるみたいです。

久美も無事到着、太鼓のパッキングも終えトラックに積み込んで本日は終了。それぞれのホームステイ先に別れます。今日は、昨日おじゃまする予定だった杉本さんの家にお世話になります。

杉本さんの大きなワゴン車に乗って帰宅です。家には、日本の柴犬（ドイツでは珍しい）と奥さんがおられて、私たちを歓迎してくださいました。このワンちゃん（名前はアンちゃんです）日本人を見ても吠えないそうで、私たちに擦り寄ってきてくれます。ところがドイツ人には吠えるそうです。ということは、人種を見分けられるということか。日本の犬はえらい！

杉本さんはドイツ・ウルマー・カンマー・アンサンブルの首席奏者です。武蔵野音楽大学卒業後、ウィーンに留学、音楽を続けて、食べていくなら、ヨーロッパでな

ウルムのホームスティ先
杉本ご夫妻とアンちゃん

ラーベンスブルク市
市内チンドン真最中

いと駄目だと思われたそうです。「音楽は心の栄養剤」がモットーで、以来、このウルムで音楽活動をされています。実は、杉本さんは、見た目物静かな方ですが、心にはものすごい自分の考えを持った方です。時の総理大臣、竹下首相に新聞の天声人語で、草の根国際交流を訴えた方です。今は、この草の根国際交流の活動を年間の大きな活動とされていて、日本にもドイツのオーケストラや子供たちのアマチュアと一緒にたびたび訪問されています。ファゴットという楽器を吹かれる方で、パンフレットにはかなりかっこよく載っています。プロの杉本さんに私たちの演奏はどう写ったのでしょうか。ちょっと聞いてみました。

「オーケストラの場合、指揮者が居ますが、あなたたちの場合は居ませんね。よく、あんなに間が合いますねー。これは音楽の譜には出てこないし、表わしようがない。不思議な気がしますし、すごいと思います」と、お褒の言葉でした。反対に、「間違えませんか？」の質問をされたので、「ごまかして、最終的に合うようにします」と答えると、「私も、よくやります」と言われ、思わず私の方が「えっ」と言ってしまいました。遅くまでご馳走になり、色々と語りあいました。

ウルム公演の後日談を少し話します。ウルムの公演は、ウルム日本人会の皆さんがお膳立てをしていただいたのですが、公演の反省会の時、会長が「あの公演の夜ほど、日本人として、誇りに思ったことはなかった」と話されたそうです。このような感想を聞くと公演をやったかいがあったと言うものです。普段、日本人をひどく意識してドイツで生活されていないと思うのですが、私たちの叩く太鼓で、やはり自分は日本人なんだと気がつくと言うのは非常に興味深い話だと思います。本当、太鼓っておもしろい楽器だと思います（明日はドイツの田舎も田舎ボンドルフに行きます）。

TOURNEEPROGRAMM

Japanisches Trommel-Konzert

Gogawa- Wakko-Daiko aus Shimane / Kyoto, Japan

für die Kulturverständigung zwischen Baden-Württemberg und Japan „Japan in Deutschland 1999-2000"

In Zusammenarbeit mit dem Japanischen Honorargeneralkonsulat Stuttgart und The Japan Foundation

01.07.00 (Sa) 20:00 Uhr
Ulmer Zelt, Ulm

Kartenverkauf: Ulmer Zelt (0731-9608513)
Eintrittspreise DM 29,50 / 26,50 + DM 1 Gebühr, Abendkasse: 32,50 / 29,50

Veranstalter: das ulmer zelt verein zur förderung der freien kultur ulm e.V., Japan-Club Ulm

02.07.00 (So) 16:30 Uhr
Japanischer Garten Bonndorf, Regenfall/Stadthalle Bonndorf

Info: Tel: 07653-961557
Veranstalter: Stadt Bonndorf, Folktreff Bonndorf e.V.

04.07.00 (Di) 20:00 Uhr
Oberschwabenhalle, Ravensburg

Kartenverkauf: Tourist Information Ravensburg (0751-82324/-26)
Eintrittspreise: DM 20 / DM 10

Veranstalter: Kulturreferat Ravensburg

05.07.00 (Mi) 19:30 Uhr
Innenhof der Pädagogischen Hochschule Heidelberg
Keplerstr.87, Heidelberg

Kartenverkauf: Geschäftsstelle der Rhein-Neckar-Zeitung , Hauptstr.23, Heidelberg
Eintrittspreise: DM 12 / DM 8 Abendkasse: DM 15 / DM 10

Veranstalter: PH Heidelberg und deren Freundeskreis, Freundeskreis Heidelberg-Kumamoto
Unterstützung: Stadt Heidelberg, Rhein-Neckar-Zeitung

日本太鼓公演のお知らせ

江川（ごうがわ）一和ッ鼓（わっこ）太鼓

ドイツにおける日本年 1999－2000　20 名よりの太鼓打師が、Baden-Württemberg 州にやってくる！ 日本文化の迫力を体験！ 皆さんお誘いあって御出掛けください。

2000 年 7 月 1 日(土) 20 時開演

ウルム市

会場： Ulmer Zelt，メッセ会場裏

入場料：前売り 大人 DM29,50 小人 DM 26,50　当日券 DM32,50 小人 29,50

問い合わせ先：Ulmer Zelt 電話 0731－9608513

主催者： Ulmer Zelt，ウルム日本人会

2000 年 7 月 2 日(日) 16 時半開演

ボンドルフ市

会場：日本庭園 ボンドルフ、雨天 Stadthalle Bonndorf

問い合わせ先：07653－961557

主催者：ボンドルフ市、Folkstreff Bonndorf 協会

2000 年 7 月 4 日(火) 20 時開演

ラーベンスブルク市

会場：Oberschwabenhalle，Ravensburg　　入場料・大人 DM 20 小人 DM10

前売券 及び 問い合わせ先：ツーリストインフォーメイション ラーベンスブルク （0751－82324～26）

主催者：ラーベンスブルク文化局

2000 年 7 月 5 日(水) 19 時半開演

ハイデルベルク市

会場：ハイデルベルク教育大学中庭、Kepplerstr.87, Heidelberg

主催者：ハイデルベルク教育大学、ハイデルベルク一熊本友の会

前売券：Rhein-Neckar-Zeitung, Haupt[illegible] 大人 DM12 小人 DM 8 当日券：大人 DM15 小人 DM 10

共催：在シュトゥトガルト日本国名誉総領事館、　国際交流基金

『ボンドルフ』平成十二年七月二日

ボンドルフの場所を地図で探すとき、中々見つかりませんでした。スイスの国境近くの小さな町です。でも、茶室やりっぱな日本庭園がある、とても素敵なきれいな町です。飛行機事故で亡くなられた前市長が格別の親日家で大きな日本庭園を作ってしまったとか。現市長も前市長の意志を引き継ぎ、素晴らしい日本庭園の維持に力を入れているそうです。今日は、この日本庭園で叩きます。しかし、暑い。猛烈に暑かったです。私たちも直射日光を浴びての演奏でしたが、お客さんも大変暑い中、最後まで私たちに声援を送ってくれました。ありがたいことだと思います。

恵子さんは公演の時、いつも、ペットボトルのミネラルウォーターを二ダースくらいを差し入れしてくれます。朝、公演地に着くと

ボンドルフ　屋外ステージにて
りっぱな日本庭園です

すぐに差し入れして貰いますが、リハーサル、本番、箱詰めまでにたいていなくなります。ドイツの水は石灰分が多いため、ドイツの人は水を買って飲みます。石灰分は体内に残るため、ヨーロッパ人は水道の水をできるだけ飲みません。私たちは公演で来ているので、飲んでも大したことはないのですが、やはりあまり飲まないようにしています。そのペットボトルがこの公演では、たちまちなくなってしまいました。

公演終了後、今回初めから体調の悪かった孝が、ついに脱水症状を起こして倒れてしまいました。呼吸が出来にくくなり、恵子さんもあわてています。すぐに、場内放送してもらい、お医者さんを探してもらいました。運よく観客の中にいた三人のお医者さんが駆けつけてくれて、診察していただき、大したことはないけど、水をたくさん飲んでくれという診断で、塩を飲ませてくれました。私は仕事柄、車に興味があり、ドイツの車には絶大な信頼を寄せています。それと同じぐらい、ドイツのお医者さんにも絶大な信頼を寄せざるを得ない今回の出来事でした。白衣こそ着ていませんが、大柄な方で、見ただけですべてを安心して任せられるようでした。これといって何もお礼ができないので、私たちのＣＤを差し上げました。

公演もなんとか終了して、ボンドルフの市長さんの歓迎レセプションに臨みます。会場に着くとすでに市議会議員の皆さんもおられて、すばらしい公演をありがとうという挨拶をされました。みんなでいただいた食事もおいしかったです。今日の宿泊は町の郊外にある、眺めのいい小高い山の上のユースホステルです。何でも、日本人が宿泊するのは初めてということで、管理人さんも感激して、笑顔で迎えてくれました。部屋は大部屋で、男性、女性に別れて寝るのですが、男性陣の方は、早い者勝ちで寝ないと、一晩中強烈ないびきと、寝言、歯ぎしりの、その大合唱を聞くことになります。法被《はっぴ》を干して、早めに寝ましたが後から誰かのいびきに追い越されてしまい、眠れない一夜を過ごすはめになってしまいました。これなら、まだ、一人でホームステイをしたほうがいい……、とつくづく思った一夜でした。

前半の公演が今日で終わり、中、二日は、休憩で観光に行きます。今までに、CDが三十五枚、葉書が十枚、私のトレーナーが一枚売れました。完売は難しいかなー。

次の日、六時に起きて、外を眺めると黒い森のシルエットが何層にも重なって幻想的な世界を創っていました。写真を撮ったところで朝食が待っていました。ドイツ式の朝食でとてもおいしかった。私は、基本的にパン食が性に合ってるようです。ドイツのパンは固いのですが、これが噛めば噛むほどおいしいし、健康的なパンが数多くあるそうです。

今日は、山越えをして、ボーデン湖沿いにスイスを走り、そして、オーストリアを目指します。スイスでは、サンクトガレンの町へ行き、そこで有名な教会を見学します。ほどなくスイス国境です。また、去年の様に自動小銃を担いだ警備隊が入ってくるかなーと思いきや、皆のパスポートを持って下りたかと思うとパラパラと見ておしまい。何となく緊張感が気抜けしました。高速道路に入り最初のパーキング。懐かしのリベーラを買って飲みました。

うーん、今日も元気だ。リベーラがうまい。

『サンクト・ガレン』平成十二年七月三日

サンクトガレンの街に到着。教会の中は、とてつもなく大きく、緑と白でまとめられたバロック様式でとても奇麗です。また、別棟の図書館がすごい。修道士が書き写した宗教本がずらーっとあります。国宝級のものばかりだそうです。ヨーロッパの教会の内部は、基本的に写真はOKです。もっとも、やはり気を使って撮らなければいけません。祭壇とか撮りまくったり、大声で話をしたりということは、教会の中では嫌がられます。観光地であっても、そのために作られたのではなくて、あくまでも神聖な場所ですから、日本の神社仏閣と同じです。しかし、この当り前のことが旅行中ということで忘れてしまう日本人が多いようです。

ここ、サンクト・ガレンの図書館だけは残念なことに、写真撮影もだめでした。グーテンベルクが印刷機を発明するまで聖書の写生は続けられていました。それにしても見事なまでに書き写されたものばかりです。戦争の時は持ち去られないよう方々の小さい教会に隠していたそうです。気が遠くなるような写本でした。

教会を後にして、オーストリアへ向かいます。去年、スイスのアイガーに登ったのですが、ガスで見えなかったので、今回はそのリベンジです。オーストリアの登山鉄道に乗る予定だったのですが、途中、高速道路が、交通事故の渋滞でバスが動かなくなりました。結局、これが原因で時間通りに目的地に着けなくなり、途中下車して昼食を取りました。途中下車の旅って大好きです。バスから降りると寒いんです。Tシャツでは超寒い。すでに、標高が相当に高いのでしょう。

雪までちらちら降っています。今はいったいどの季節？　昨日のボンドルフの灼熱は何だったのか。まるで狐につまわれたようです。思わず食事の時、ホットスープを頼んでしまった。でも、おいしかったです。

結局、三時間遅れで入国です。もう登山電車には乗れません。山にはついていない〝江川太鼓〟です。

『インスブルック』平成十二年七月三日

オーストリアは、冬期オリンピックで有名なインスブルックという街に入り、今日はここで一泊します。恵子さんに「今日のホテルは二千五百円の朝食つきの安いホテルです。あまり期待しないでください」と言われたのですが、どうしてどうして立派なホテルで、何不自由なく泊まれます。本当にこんなに安くていいのって感じです。だいたい日本のホテルが高すぎるのです。

時間がないので、とりあえず、雨の降る中、オリンピックのスキージャンプ台を見て、そのあと市内をブラブラしました。私は、一人でデパートに入り（知らない土地に行くとなぜか一人で歩きたくなるのは私の癖です）おもしろいものがないか散策です。やはりビールの国です。ビールグラスがその年毎にデザインを替えたものがおいてあります。有名なデザイナーが書いているものでどれもいいのですが、二つ三つ買っておみやげにしました。

恵子さんの知り合いで（本当に、いろんなところにいろんな知り合いがいる人だ）サッカーのコーチ兼、旅行会社を経営されている日本人、ラモス、いや違う、モスラ、あれっ、なんて言う名前だっけ……。とにかく、このモスラさんに案内をしていただきました。弱冠二十一歳の、かっこいい日本人青年です。

メンバーの女の子たちは、彼を取り巻いて離れません、全然相手にされなくなった男衆たちは、半分ふてくされながら彼の観光説明を聞いています。彼のように、若くても意志の強いはっきりとした男子は日本に少ない故、女の子の目がハート型に変わっています。

このインスブルックは、昔、商業で栄えた街です。高い山に囲まれ、ドイツ、スイス、イタリアに道が通じています。いずれも、山を越えればそれぞれの国に行けます。街の中の目抜き通りにはそこかしこに、店の大きな看板があり、昔は一般市民は字が読めなかったので、商売や待ち合わせにその看板を目印にしたといいます。鉄の細工の立派な看板が今でも軒先に吊るされていました。夕食は、大きなハサミの看板のある前の郷土料理を出してくれるお店に入りました。

夕食後、三々五々別れて自由行動です。この自由行動で私はある事を思い出していました。一年目の公演の時、帰国する前の日に、ミュンヘンで打ち上げをしたのですが、その帰りも自由行動をしました。ところが、メンバーの何人かは町の中で迷ってしまい、おまけに、ホテルの名前も分からず迷った挙げ句、恵子さんの携帯に電話したのですが、恵子さんは自宅に携帯を忘れてきており、たまたま、家にいたドイツ人のご主人が電話をとったのはいいのですが、いきなり日本語で「今どこにいるのでしょう」と聞かれ、ベンハートさんは、全く何のことやら見当がつかず、日本語で「分かりません」とだけ答えたそうです（そんなの、ドイツ人だって分からないっつーの）。結局、日本料理のお店があったので、聞いて教えてもらって帰ったそうです。

今回は、それが教訓となってみんなホテルの名前を真剣に控えています。私は、大畑君と恵子さん、カローラさんと道端のカフェで、コーヒーを飲みながら太鼓話に花が咲きました。明日は、また、ドイツに戻り公演です。ラーベンスブルグに移動です。

『ラーベンスブルグ』平成十二年七月四日

朝八時、オーストリアを後にして、ラーベンスブルグに出発。昼には到着。今日は、市の計らいで、何とその昔は修道院だった所に泊めてもらいます。今は、カトリック系のゼミナール施設となっていていろいろな催し物が開かれるようです。なかなか、立派なものです。観光で訪れても、まず泊めては貰えないところです。私は、別館で一人部屋。しかも、一人だけ三階です。部屋から見る街の景色は本当に最高。町並がすべて見渡せて、市内にあるあと二つの教会も見えます。昼の鐘が響き渡ります。なんともロマンチック。昼食をご馳走になり、空模様の怪しい中、市内へチンドン組と会場準備組とに別れて活動しました。チンドンを始めた途端、雨足が強まりましたが、私自身は止める気はさらさらなかったです。雨が降っても予定通り市内一巡を無事終了。市の係の方も拍手で喜んでいました。たぶんこの市内を太鼓で練り歩いた日本人なんていないでしょう。私にとってはこのことが、何よりも嬉しいことです。初めてみる日本の太鼓が「江川太鼓」なんて嬉しいことではありませんか。

会場に入ると、ほぼ準備もできていました。ラジオ局の方が見えて、宣伝用に録音をしてくれます。何回か叩いて無事終わりました。今日の公演は夜八時からです。もう一度宿舎に戻り、ゆっくり夕食です。私はいつもそうですが、公演前はあまり食べないようにしています。お腹いっぱいだと、からだが動きにくいので。でも、出されると、ついつい食べてしまうのです。とてもおいしい。

地元のマーチングバンドの演奏で幕開け。私は、普段食べない食事のせいで眠くなり、舞台袖で大の字になって、知らない間に寝こんでいました。何かしら、クスクス笑い声がして、目を開けてみると、高校生くらいの女の子が楽器

ひと休み　ひと休みっと

をもってこちらを見ています。恥ずかしくてハローも言えませんでした。ひよっとして、いびきをかいていたかなー。

さて、公演です。最初にホームステイをさせていただいた、ブィウラー夫妻もウルムから観に来てくれています。照明も入って、なかなかいいステージでした。アンコールをもらい、無事終演。二時間があっという間です。終わった後に、ブィウラーさんからまたまたおほめの言葉を頂きました。お父さんは、遠藤さんが誕生日プレゼントした「一番」と漢字で大きく書いてあるTシャツを嬉しそうに着ておられました。

宿舎には十一時過ぎに帰りました。修道院ですからそこには娯楽施設というものはありません。でも、飲物を飲んだり話をしたりするホールがあり、そこで打ち上げをしました。原さんとカローラさんは、明日の公演でお別れです。原さんやカローラさんと皆で夜遅くまで話しました。

教会らしく、ホールにも係の人はいません。奥にたくさんの飲物とスナックなどがありますが、セルフサービスです。お金も自分で計算をして勘定箱に入れる、無人市場形式です。いけない考えを起こす人は基本的に修道院施設にはいないということです。そういう人はここではカトリック教ですから〝ざんげ〟をして頂くことになります。

『ハイデルベルグ』平成十二年七月五日

三年目、最後の公演地ハイデルベルグです。ここは去年、通りすがりで観光したところです。世界一大きなワイン樽があるところです。移動のバスの中で、テレビ局が取材に来てくれることが分かりました。本日、公演主催者はハイデルベルグ教育大学とハイデルベルグ—熊本の会（この都市は熊本と姉妹都市を結んでいます）です。大学に着いて、学長の挨拶のあと、まずは昼食です。学食で好きなものをバイキングして食べます。すでにテレビ局の人が来ていて、食べるところからの取材です。私が食べるところをカメラに納める予定でしたが、渡津の久美ちゃんが、江川太鼓のTシャツを着ていたので交代しました。やらせではありますが無事終了。途中、原さんやカローラさん、バスの運転手さんが何か怒っていました。何でも、テレビ局のこのやらせが私たちに失礼だと

大学の学食で昼食中
カメラさんも入り込んでいます

いうのです。私たちには判りませんが、ひどく怒っていました。恵子さんの「テレビ局とはしょせんやらせが商売。少し位のやらせでもそれが、公演や日本年の宣伝になるのならば目をつむるべきと言う主張と、原さん達の「そんなやらせは失礼にあたる」と言う主張がぶつかり、皆の前で衝突しました。でも、ここまで議論できるのはやはり、ドイツに住んでいるからなのでしょう。

しかし、二人の議論は迫力がありました。恵子さんも怒ると恐いです。でも、宣伝になるなら、あえておとなしくしましょう。食事の後は荷ほどきです。これも取材がありました。大学内でのリハーサル演奏風景とニュース用の取材が終わりました。どんなニュースに仕上がることでしょうか。

ハイデルベルグの市長さんは、ドイツで初の女性市長だそうです。午後から表敬訪問をして、市内をチンドンで歩きます。市長は今日はどうしても抜けれない外遊にお出かけとかで、副市長さんが対応してくださいました。議会室に通されたのですが、やはりちょっとしたチンドン演奏で喜んでいただきました。もうじき、議会の開催なのでその時また演奏してくれと言われ、すかさず樋口さんは、「議会はいつからですか？」とまじめに聞いてました。彼は本当に来る気なのです。

ハイデルベルグはとても奇麗な街で、長い歴史があり、ライン川の支流ネッカー川が流れ、山の中腹には赤砂岩で出来ているハイデルベルグ城があり、街全体が大学のキャンパスになっているといったところでしょうか。世界中から観光客もたくさん来ています。街の目抜き通りをチンドンで歩いていると、韓国人や日本人から声援や応援、写真を撮らせてくれとなかなかにぎやかです。一時間ぐらい練り歩いて、大学に戻りました。

戻ってから、夕食をすませ、いよいよ最後の公演です。

人、人、人……

演出上、私ほか数人が、大学の建物から出ることにしてスタンバイ。七時半開演です。しかし待てど暮らせど始まりの鐘がなりません。結局始まったのが八時でした。後で聞くと、テレビの放送後に観客の出が増えて大学の回りを取り囲んだので、三十分公演を遅らせたそうです。それならそうと早く言ってよね。

始まってびっくり。構内、人、人、人、人。最初の曲「三宅」が済んだ時、またその後の拍手はすごいものがありました。ハイデルベルクの公演は最終にふさわしい、よい公演でした。

公演が終了後、太鼓のパッキングです。今回は帰国用に申請通りに箱詰しないといけません。それでも私は、内緒でおいしそうな缶ビールを箱の一つに忍ばせて、もって帰りました。その中味はなんと、ビールのコーラ割りやスプライト割りでした。酒飲みでない私にはピッタリの飲物で、非常に美味しいものです。

話を戻します。このハイデルベルクの公演でカローラさんとベンハートさんが帰ります。その直前二人を舞台に上げ、私たちが下りて、心からお礼を言いました。彼らの協力なしにはこんなにドイツ公演はうまくいかなかったと思います。原さんもデュッセルドルフから太鼓仲間が見に来ていたのでその便で帰ることになり、皆で見送りました。メンバーはベンハートさん、カローラさんとそれぞれ抱きついてお別れの挨拶をしています。さすがドイツ。

「美留町　なお日記　～ドイツ公演が終わって～」

初めてのドイツ公演は、今にして思うととても非日常的な毎日でした。もしかして夢だったのではないか、とさえ思います。何もかもが普通に生活していたのでは味わえない、本当に貴重な体験でした。中間テストを捨てて行った甲斐があった、いや、テストなんかよりずっと、自分のなかで得たものが在りました。

まず、外国で太鼓を叩いたと言うことが信じられません。まさか、そんなことになるとは夢にも思っていませんでした。「日本の文化を外国に伝える。なんか、プロ見たいや」と、それ程実力もないくせに妙な使命感みたいなものを感じていました。多大なる勘違いやったなあ、と今になって思います。

何せ、演奏は江川太鼓のメンバーの足を引っ張りまくっていた。でも、メンバーは人の失敗を批難するような人たちではないので（何しろモットーが〝適当に〟である）、その度、自己嫌悪に陥っていました。「うまくなりたい」と本気で思ったのは、だらだらと長いだけの太鼓歴の中でこの時が初めてではないかと思います。とにかく、足を引っ張らない演奏をしなければと最後のほうは必死でした。それでも気持ちに見合う働きが出来たかはわかりません。自分としても満足できた演奏はそれ程多くなかったと思います。けれど、公演を見に来てくれたお客さんの笑顔がとても嬉しく、それだけで達成感が在りました。自分たちが創り上げたものを、ドイツという全く文化の違う国の人々に受け入れられてもらえたというのは、やっぱり感慨深いものがありました。音楽はグローバルだと身を持って証明していることに感動しました。

四回の公演の中でも、最も心に残っているのはやはり最終公演のハイデルベルグです。大学の中にはの特設ステージでお客さんの顔が良く見えました。日本での和っ鼓の公演は殆ど野外なので、青天井に慣れている私としては、このステージは随分リラックス出来ていたように思います。お客さんの笑顔が見える度にテンションが上がり、気合いも入りました。最初からアンコールまで、一番楽しい演奏が出来た、やっぱり太鼓は青空の下が一番いい。

ハイデルベルグ公演でもう一つ印象に残っているのが、休憩時間と公演終了後に多くのお客さんが舞台裏に来てくれたことです。沢山の人々が私たちに話しかけてくれました。とても嬉しくて、私はろくに言葉もわからないのに「Ｄａｎｋｅ　ｓｃｈｏｎ、Ｄａｎｋｅ　ｓｃｈｏｎ」と繰り返していました。何かを伝えようとしてくれていることがひたすら嬉しくて、ただ感謝の気持ちを伝えたかったのです。一人のお婆さんが、私の手を握り、語りかけてくれたとき、私は「Ｓｃｈｏｎ」という単語しか聞き取れませんでした。けれど、その言葉を私は一生忘れないでしょう。

Im Jahr 1999 bat mich meine Japanischlehrerin,für eine Nacht zwei junge Japanerinnen bei mir aufzunehmen.Sie waren zusammen mit der Taikogruppe Gogawa Daiko Wakko für eine Tournee nach Deutschland gekommen.Damals sagte mir das Wort Taiko nichts und ich erfuhr,daβ Taiko der Begriff für japanisches Trommeln sei. Ich begleitete meine japanischen Gäste zu ihrem Auftritt in die Konzerthalle.Zum ersten Mal konnte ich ein Taikokonzert erleben. Der Abend begann,wie so viele japanische Darbietungen,an denen ich schon teilnehmen durfte,als folkloristische Veranstaltung.Die Zuhörer begangen sich zu entspannen.Doch sie hatten nicht mit dem eindringlichen Wesen der japanischen Trommel gerechnet.Sobald die ersten Klangwellen auf das Publikum zutrieben,war klar,daβ es keine Distanz zwischen Instrumenten und Zuhörer geben konnte.Das Konzert forderte vom Publikum höchste Aufmerksamkeit,nichts war wie gewohnt, selbst das japanische Volkslied Sakura,das jeder Japankundige mitsummen kann, geriet durch die Interpretation an der gröβten aller Trommeln,der Odaiko,zu einer Herausforderung.Die begleitende japanische Flöte begann sich zu verselbständigen und nur noch auf ein für den westlichen Zuhörer unbegreifliches Rhythmusmuster zu reagieren.Tief beeindruckt vom beschwörenden vollen Klang der groβen und dem fordernden „ tektektek " der kleinen Trommeln machte ich mich auf den Heimweg. Die Trommeln hatten mich in ihren Bann gezogen.Ich war fasziniert von der Strenge und Fremdheit der Rhythmen und doch hatte ich das Gefühl,etwas sehr Bekanntes und tief in mir Verborgenes wäre mit einem Mal an die Oberfläche getrieben,etwas wonach ich schon immer gesucht und das ich nun gefunden hatte.

Langsam vollzog ich den Schritt von der passiven Zuhörerin zur aktiven Trommlerin.Ich unternahm erste Gehversuche bei einem deutschen Taikolehrer aus Düsseldorf.Mittlerweilen haben wir ein wöchentliches Training eingerichtet und organisieren Workshops an der Musikhochschule Stuttgart zusammen mit Gogawa Daiko,um andere an der Faszination der japanischen Trommel teilhaben zu lassen.

Vor ein paar Monaten habe ich mir meine erste Miyadaiko aus einem Weinfaβ und dicker Rinderhaut gebaut.Natürlich in erster Linie aus Kostengründen, japanische Trommeln,seit Jahrhunderten Meisterwerke,sind bekanntlich sehr kostspielig.Aber die Anschaffung dieser Trommel bedeutet für mich in erster Linie, daβ ein starker innerer Antrieb und eine groβe Liebe zur Taiko besteht.

Oft stehe in allein in der Werkstatt meines Mannes, spiele auf meiner Taiko und lausche den Klängen der Trommel.Der Rhythmus trägt mein Herz weit weg nach Japan,in die Berge zu einer kleinen Stadt in der Präfektur Shimane,zu den Menschen,die ich sehr achte und mit denen 1999 alles begann.Ich habe ihnen viel zu verdanken.

Carola Aupperle,Sommer2001

一昨年の夏、1999年のことです。江川太鼓と和っ鼓の皆さんがドイツ公演を行なった際、私の日本語の先生に頼まれて、二人の若い日本女性をお泊めしました。当時、私は「太鼓」という日本の言葉さえ知りませんでしたが、太鼓が日本のドラムを意味すると言うことを後で教えてもらいました。

出演するグループに同行して初めて、太鼓と言う楽器の演奏を目の当りに見ました。今迄日本の民俗芸能の公演にはいくつか行ったことがありました。その日も私を含めて、聴衆はいつものように気楽な気持ちで幕が上がるのを迎えましたが、太鼓の音が響くと共にその迫力に圧倒され、聴く人すべてがその楽器に引きつけられました。

大太鼓の音は日本を知る人なら誰でも聴いたことのある「さくら、さくら」の様な美しく、優しい曲でさえ奏でることが出来ました。伴奏の笛は、私達、西洋人の耳には掴み難いリズムをとりながらも、その独自の音で楽しませてくれました。

その日私は、大太鼓の神にも届くと思われる響きや小太鼓の誘い込む様な「テク、テク、テク」という音に深い感銘を受けて、家に帰りました。

私はすっかり太鼓に魅了されてしまいました。その響きは、耳に新しいリズムではありますが、私にとっては全く未知な響きというのではなく、心の奥深くあった感情を呼び起こし、今迄、心の中で求めてきたものがやっと見つかったという気持ちでした。

それを機会に今迄は聞き手であった私が、今度は打ち手としてステップを踏み出すことになりました。まず最初に、デュッセルドルフに住むドイツ人の和太鼓の先生にてほどきを受けました。

その後、週一回シュトゥットガルト音楽大学で同好者が集まり練習しています。また、江川太鼓、和っ鼓のグループの指導のもとにワークショップも開催、和太鼓の好きな人達が参加して楽しんでいます。

何か月か前ですが、自分用にワインの木樽と牛のなめし革を使って自分で宮太鼓を作りました。もちろん熟練した職人の作る和太鼓は高価すぎて手に出来ないと言う理由もありますが、こうやって自分の手で作ったことが、私の太鼓に対する意欲と情熱を表わすものと思っています。

暇があると、主人の経営する工場の建物のなかで太鼓を一人で叩き、その音を楽しんでいます。そのリズムに乗せて、私の心を遠い日本、島根県にある山間の小さな町川本に運んでくれることでしょう。その町を、そしてそこに住む人達を私は尊敬しています。それは1999年の夏に始まりました。皆さんに心から感謝しています。

カローラ・アウペレ　2001年　夏

心強いサポート役をして下さった　カローラさん

今日は、私は一人でザイツさんという方の所へホームステイです。三年間で初めての一人ホームステイです。太鼓の箱詰めが夜中近くまでかかりましたが、ホームステイの方々は辛抱強く待っていてくれました。ザイツさんのご自宅はネッカー川の上流方面を三十五キロまで戻ったところです。家族みんなで、公演を見に来てくれて、家まで連れて帰ってくれました。山の麓にある素敵な家です。寝室は次男さんの部屋を使わせてもらいます。でも、浴室に入りなんか変な感じ。鏡のあかりがなくて、懐中電灯が取り付けてありました。朝起きて送ってもらうときによく見ると、家が半分しかできていませんでした。休みの日に少しずつ手作りして、ここまでで四年かかったそうです。ドイツの人は自分で家を建てる人が大勢います。難しいところだけ業者に任せて、あとは自分たちでやります。まず初めに寝室とキッチン。後は生活に必要な部屋を順次作っていきます。偉い！

日本建築は専門知識が要るので難しいですが、考え方として、ドイツでは自分でできることは自分でやるということです。ドイツの人は、おまけ付きキャンディーより〝お徳用〟を好むみたいです。つまり、おまけをつけるようならその分、まけてくれと言うことです。三年間ドイツに行って感じたことは、ドイツ人は日本人が便利さとともに失くしたものをまだ持っているということです。日本が今大きな壁にぶちあたっていますが、それを解決する答えがドイツにはあるような気がします。

Peter Johannsen
2.Vorsitzender Heidelberger Freundeskreis Kumamoto

Einige Gedanken zum Auftritt der Gruppe Gogawadaiko und Wakko in Heidelberg am 6.Juli 2000

Ich muss gestehen, dass ich schon 2 Jahre vor diesem Termin von dre Gruppe begeistert war. Ich sah sie zum crsten Mal in Karlsruhe im Rahmen eines interkulturellen Festivals und hatte sofort den Wunsch, sie auch einmal in Heidelberg zu hören.
Aber Wunsch und Realisierung sind immer zwei verschicdcne Sachen.
Auch das Konzert,das die Gruppe später in Mannheim gab,habe ich mit freunden gehört und alle waren wieder begeistert.
Als mir Frau Allgaier vom Japanischen Honorargeneralkonsulat Stuttgart eines Tages mitteilte, dass die Gruppe noch einmal nach Deutschland kommen würde, und dass die Möglichkeit für ein Konzert in Heidelberg bestünde,wollte ich diese Gelegenheit nicht ungenutzt vorüber gehen lassen.

Ich sprach mit einem meiner ältesten Freunde,Alfons Duczek,daruber. Er arbeitet an der Pädagogischen Hochschule in Heidelberg als Dozent für Theaterwissenschaft und führt jedes Jahr selbst ein lheaterstüch mit Studenten auf.Daher wusste ich,dass er das notwendige Material wie Bühne, Licht und Mikrofone zur Verfügung hatte.Auch er war gleich begeistert von der ldee und wir baten Herrn Dr.Wölfing, der an der Pädagogischen Hochschule für interkulturelle Begegnungen zuständig ist,um Unterstützung. Auch er unterstützte uns gerne und nachdem wir die Einzelheiten gemeinsam besprochen und organisiert hatten,warteten wir gespannt auf die Gruppe.Alfons hatte einen seiner Freunde vom Fernsehen informiert und ein Team filmte die Gruppe schon beim Mittagessen.Der Bericht darüber wurde noch vor dem Konzert ausgestrahlt und mehrerer Leute, mit denen ich am Abend sprach, sagten mir, dass sie auf Grund des Fernsehrberichts zum Konzert gekommen wären.

Zum Konzert selbst brauche ich nicht viel zu sagen, denn Jeder,der dabei war, spricht noch heute von der außergewöhnlichen Atmosphäre dieses Abends.Es war ein besonderes Erlebnis, die Hingabe zu erleben,mit der die beiden Gruppen auftraten,und ich hatte sogar den Eindruck,dass die Künstlerinnen und Künstler durch die Begeisterung des Publikums noch mehr
angespornt wurden.Auf diese Weise spürte ich eine außergewöhnliche Verbindung zwischen Gogawa daiko und Wakko und dem Heidelberger Publikum,wie ich sie selten erlebt habe.

Persönlich bin ich immer wieder erstaunt, dass die Mitglieder ihren Urlaub opfern und die Strapazen einer solchen Tournee auf sich nehmen, um in Deutschland ihr Können zu Zeigen.
Als Dank nahmen sie auf jeden Fall den Applaus des Heidelberger Publikums mit und ich kann diesen Dank nur bekräftigen, indem ich noch einmal applaudiere, während ich diese Zeilen schreibe.
Ich freue mich, sagen zu können, dass auch viele bekannte Heidelberger das Konzert gehört haben, unter anderem auch unser früherer Oberbürgermeister, Herr Zundel,Vertreter der Stadt und der Heidelberger Universität. Obwohl ich im Jahr 2000, dem „ Japan-Jahr in Deutschland " insgesamt 15 Veranstaltungen organisiert und begleitet habe, gehört das Konzert der Gogawadaiko und Wakko für mich zu den ganz großen Höhepunkte in Heidelberg.

Noch einmal vielen Dank, es hat allen beteiligten Heidelbergern viel Spaß gemacht, die Gruppe kennenzuleren, und wir hoffen,dass sich die Mitglieder von Gogawadaiko und Wakko in Heidelberg wohlgefühlt haben.

ハイデルベルク　熊本　友の会　副会長　ペーター　ヨハンセン

2000年7月6日　江川太鼓・和っ鼓　ハイデルベルク日本太鼓公演

カールスルーエの国際交流フェスティバルのプログラムの中に、彼らの日本太鼓公演があり、私はすでに2年前、彼らの太鼓公演を見て、感動しておりました。この時、彼らにハイデルベルクへも是非、来ていただこうと私の心に決めていました。

その一年後に行なわれたマンハイムでの公演にも観衆は大感動したと聞いております。日本名誉総領事館のアルガイヤー女史から、彼らが3年目もドイツに来てくれるかも知れないと言うことを聞いたとき、ハイデルベルクでの公演チャンスを逃したくないと思っておりました。

私の旧友の一人であり、ハイデルベルク教育大学で演劇学を教えるアルフォン・ドルツェックが、毎年、学生と一緒に演劇を公演するので、彼が、公演するにあたっての必要な道具、舞台や照明、マイク等を全部持っていることを知っていました。彼は、私の話にすぐに賛同してくれ、大学の異文化交流を担当するボルフィング博士にも協力のお願いを要請してくれました。詳細なる事を何度か集まっては話し合い、計画が進み、グループが来てくれるのをワクワクした気持ちで待っていました。アルフォーンは、テレビ局に勤める友人に連絡をとってくれ、テレビ局のチームは、皆が到着した直後の昼食の時からフィルムをまわし始めました。公演のテレビ報道によって多くの人達が駆けつけてくれました。

彼らの太鼓コンサートを見た人達は、いまだに、あの不思議な力が漂っていた夜について語っています。それは、本当に特別な体験でした。彼らの演奏に感動した聴衆の感動が、演奏者である彼らを感動させ、それがまた演奏に反映し、会場がこれ以上盛り上がりの無いほどに盛り上がっていた印象を受けました。江川太鼓・和っ鼓とハイデルベルクの地元の人々の間に普通あまり見られない特別なるつながりを私は感じていたのでした。

個人的にも、太鼓のメンバーが、彼らの大切な休暇をこのきつい公演ツアーに使い、ドイツまで自費で来てくれたことに驚いていました。この行を書いている今も、心より彼らの演奏にお礼を述べるとともにハイデルベルクの聴衆と私からもう一度、彼らの演奏に拍手を送ります。2000年は、ドイツにおける日本年で、一年間に15の日本関係の企画をこなした私ですが、その中でのハイライト企画は、皆さんの太鼓公演でした。

ハイデルベルクの協力者達によって、皆と知り合え、楽しいときを過ごせたことにもう一度お礼を述べたいと思います。江川太鼓・和っ鼓の皆にとっても、ハイデルベルクでの滞在がいい思いでとなって残っていればうれしいです。

『いざ、ローマへ』平成十二年七月六日

三年間の公演の打ち上げをイタリアですることにしました。すごい計画だ。フランクフルトの空港へ向かうバスの中、皆を引っ張ってきた恵子さんがお役御免になり、イタリア行きの幹事さんを決めようとくじ引きが始まりました。その名誉ある栄冠に輝いた人は、和っ鼓の西村　ゆっこちゃんです。

さて、その日のうちに、フランクフルトからローマに到着。暑い中、一般的なところを見学しました。次の日は有志を募って観光に行ったのですが、一番感動したのはバチカン市国の博物館。天井に描かれた宗教画はすばらしいものがあります。今年は二十五年に一回の聖年祭の年であかずの扉が二十五年に一回開き、そこを通って礼拝堂に入ると幸せになるということです。すかさず私はその扉を通って中に入りました。

ここバチカンではおもしろいことがありました。私たちは朝早くからでかけたのですが、早朝と言えども外は暑い。剛は短パンにTシャツ姿です。ところが大聖堂の中は短パン、草履履きは厳禁で入場禁止です。入り口でガードマンがチエックしています。剛はこの時どのように解決したかと言うと、短パンをTシャツの裾ぎりぎりまで下げて長ズボンのように見せかけたのです。それで無事通りすぎましたが、それにしても短い足、いや、ズボンです。見て判らないと言うのは喜んでいいのか悲しむべきなのか。日本人は足が短いと言う認識が何も疑いを持たせないのでしょうか。

しばらくすると、礼拝が始まり、皆が立ちはじめるので何なのかと思ったら、突然パウロ二世が入って来られて、お言葉があり、びっくりしました。当然何を言っているか分かりませんが、不思議と、清らかな気持ちになります。

またローマではとても素敵なお店を見つけました。ホテルから程近いイタリアレストラン、名前は「トモコ・レストラン」。名前の通り日本女性が経営しているお店です。ローマでは観光地あたりのお店は食べ物が高くて大変です。でもこの「トモコ・レストラン」はかなりリーズナブルな料金（ひょとして、これが当たり前！？）でイタリア料理がお腹いっぱい食べれます。恵子さんの事前調査のたまものです。私たち御用達のお店になりました。ローマに滞在中すっかりトモコさんとも仲良くなり、帰国する日も昼食時にちんどんを樋口さん、森脇さんにお店の中でやってもらって、私は食事をしながら、他のお客さんと見学しました。まさかローマでちんどんが見られるなんて、イタリア人も思わなかったでしょう。日本のちんどんと言うことすら判らなかったかな。トモコさんも楽しそうでした。

「ゆっ子ちゃん日記　～イタリア編～」

フランクフルト空港へ向かうバスの中で恵子さんは「私、イタリアでは添乗員しないから、誰かかわってねー」そして、大ジャンケン大会が行なわれ、負けチャンピョンの私が有り難くリーダーを押しつけられ、もといい、承ったのでした。ちゃんとお膳立てされ、何でもツアー添乗員がやってくれる団体旅行しか行ったことがなかったので、中々スリルある楽しい体験でした。また、そのことで皆と仲良くなれたのはとても有り難かった。

イタリアで私たちを出迎えてくれたイタリア人のツアーコンダクターさんは初日の自由行動をどう過ごそうと思っていると「帰り道なので、地下鉄でスペイン広場まで連れて行ってあげよう」と言ってくれました。人も良さそうだし、きっと皆も喜ぶだろうし、と思いつつ恵子さんに話すと、「ゆっ子ちゃんだけ連れていってくれるつもりじゃないの？　お金、請求されるかもしれないから確認したほうがいいよ」とアドバイス。好意で言ってくれてるようだし、あまり聞いたら失礼じゃないかなとどきどきしつつ聞いてみたものの、実際スペイン広場へ着くまで不安でした。取り越し苦労でした。良い人で良かった。結局、彼に地下鉄の乗り方を教えてもらったおかげで、翌日からの自由行動がスムーズに行なえました。感謝、感謝です。

何と言っても大変だったのは、帰りのフランクフルト空港でした。イタリアからのトランジットだったので、元々時間に余裕がなかったのですが、チケットの中の一枚に発券ミスが見つかり、確認作業に手間取りました。その間、恵子さんは免税手続きをしないといけないメンバーを連れて税関窓口へダッシュ。やっと確認作業を終え、搭乗できたのが、離陸15分前。一安心と思いきや、数名足りない。慌てた。事情を知らない数名が、お土産を買いに行ってしまっていたのでした。しかも、搭乗口から一番遠いお店に。恵子さんにきちんと別れの挨拶も出来ぬまま、全員が飛行機に乗ったのは離陸ぎりぎりでした。
　東京に到着して、成田で和っ鼓のメンバーの一人が「飛行機にパスポート忘れた！！！　多分座席前の網の中かも」と。飛行機から降りてくるスチュワーデスさんを捕まえて、すでに清掃作業の始まっている機内に問い合わせてもらって待つこと5分。無事パスポートが出てきました。日本で良かった。

「嶺君、民ちゃんの『外国って……』～和っ鼓、高校生コンビの会話より～」

民：「嶺君、今回の太鼓公演どうやった？　私は失敗もあったけど、あんなにお客さんから拍手もらえて嬉しかった」
嶺：「……」
民：「ねぇ、聞いてんの？」
嶺：「しまった、お土産買い忘れた！」
民：「あんたねー、いまさらそんなこと言っても、もう、帰りの飛行機の中よ」
嶺：「まあいいや、成田で買おう」
民：「すごー」

嶺：「ところで何？」
民：「だから、ドイツはどうだったって聞いたの」
嶺：「僕はホームステイで会話が出来なかったことが悔しかった。言っていることは判るんだけど、自分がどう言えばいいか、英語が出てこないんだ」
民：「それはみんな一緒。岩野さんなんか、自動翻訳機もっていたけど、ドイツ人の人がその翻訳機の答えをぺらぺらしゃべるけど、結局何言っているかわかんなかったみたいよ。残念なことと言えば、私、教会が好きで、15分ごとになる教会の鐘にあこがれていて、元修道院に泊めてもらったときは嬉しくて、早起きして教会に行ったけど早すぎてしまっていた。これが心残り」
嶺：「見かけによらないんだ」
民：「何か言った？　それと、びっくりなのはイタリアのファッション、いいなあーと思って手に取ると、背中は紐が一本で、こんなの着れるかーって何回棚に返したことか」
嶺：「そりゃ、服にとっても災難だー」
民：「……」
民：「そうそう、それにイタリア人女性ってわき毛の処理は全く気にしないかんじで、平気で紐の服着てるのにびっくり」
嶺：「……」
民：「何赤い顔してんのよ！　こっちまで照れるじゃない」

嶺：「でもなんやかんや言っても、太鼓を通じて異文化に触れられて良かったね」
民：「同感」
嶺：「あっ、そや、勉強、勉強。明日から期末試験やから」
民：「あんたもそう見えても、大変なんだー」

ローマで二日間過ごして、フランクフルトへ帰り、恵子さんはシュットガルトへ、私たちは日本への帰路につきました。あっという間の三年間、私にとってはかけがえのない思い出となり、自信となり、これからの夢を実現するヒントとなりました。ドイツの友人は、飛行機で十二時間の彼方、時差で言うと、八時間過去にいますが、決して切れることのない友情という糸で結ばれています。太鼓を叩いてくれた日本人メンバー全員がそう思っていると思うし、助けてくれたドイツの人もそれを望んでいると思います。来年はどこのだれから太鼓を叩いてくれと言われるでしょうか？

「原さんからのＦＡＸより」

岩野　賢　様

お帰りなさい。お疲れ様でした。今年も色々とありがとうございました。
去年もおもしろかったけれど、今回も初めから終わりまで楽しいなんてもんじゃなかったです。こんなことが二週間も続けばいいだろうなあーと思っています。体力が続くかは別問題。改めて考えると、江川太鼓にも和っ鼓にも40～50代のおばさんパワーはないですよね。今回のメンバーの中では渡津　久美ちゃんが最年長の女性なんて、ちょっとショックでした。てんてこ太鼓の出演メンバーは女性ばかりで平均年齢43歳、準メンバー6人を入れても同じ43歳で（61歳のおっさんが一人います）、最年少は渡津　美穂ちゃんと同じ26歳です。がしかし、こんなおばさんパワーで良ければまた呼んでください。
我らのリーダー、モニカにとっては自分のチームを日本で出演させるというのは夢ですし、練習日に日本に行って太鼓を叩きましょうと話をしたら、とても嬉しそうでした。飛行機代も安くなったし、4～5回分のギャラを貯めれば無理な額ではありません。色々な問題も出てくるとは思いますが、長期に計画して何とか実現したいものです。でも、またこちらに来ることも考えてくださいね。

7月9日　　原　令子

「原さんへのＦＡＸ返信」

原　令子　様

帰りました。10日ぶりの川本ですが、相変わらずで一安心です。昨晩、夜11時に到着しました。今年も原さんには大変お世話になり、ありがとうございました。ハイデルベルクのあと、イタリアに出発のとき、バスの運転手がもう一人の若い子がいないと探していました。「誰のこと？」と聞くと原さんのことでした。バスの運転手さんも原さんのファンになったみたい。今度も又みんなを乗せて旅行をしたいと言っていました。
てんてこ太鼓の日本公演ですが、ぜひ川本で実現させたいです。ドイツで私たちが受けたおもてなしのお返しをしたいと思います。皆さんに会える日を楽しみにしています。本当にありがとうございました。

岩野　賢

『和っ鼓ドイツ公演』

和っ鼓代表　小泉　直美

次のようなメールをきっかけに、ヨーロッパ公演が始まりました。

From: Keiko Seewald
Subject: ドイツに来てくれる太鼓グループありませんか
Date: 26 Jan 1998 14:24:41 GMT
Organization: Japanisches HonorarKonsulat Stuttgart

前略。

ドイツよりお便り申し上げます。

私は、ドイツの　baden - wurttemberg 州にある日本国総領事館の者です。本日、日本の皆様にご相談があります。

ある日本の太鼓グループが、国際交流公演でドイツに来てくださるということになっていました。3つの独日協会がお膳立てしてくださり、公演日も決まって、たくさんのドイツ人たちが7月の催し物を楽しみにしていたのです。ところが、人が揃わないの一言で勝手に断られ、こちらとしてもえらく迷惑をかけられてしまいました。だからといって、せっかく用意した企画を没にするのももったいないので、こうして、ドイツまで来てくださるアマチュア太鼓グループがいないものか、と現在、探している訳なのです。太鼓じゃなくてもいいです。日本芸能であれば……。どなたかドイツで日本芸能を紹介したいと思われる方、ご連絡ください。

公演日は、本年7月17日、18日、25日です。

Keiko Seewald

当時、中学生が中心で、太鼓も持っていなかったうちのグループ（和っ鼓）では行けそうにありませんでしたが、太鼓にかかわる者として何か出来ればと、太鼓仲間の通信を通してこの件を広く知らせたところ、島根県の岩野さんが「〝江川太鼓〟で行きましょう。和っ鼓さんもどうですか？」と逆に誘ってくださり、ここから私たちのヨーロッパツアーが始まったのです。

ツアーに向けての初合宿で〝江川太鼓〟の人たちと顔合わせをしたとき、皆さんの人柄のよさ、器の広さに感心し、そして安心しました。ヨーロッパの何人かの人に、「あなたたちの演奏からは〝よい気〟が伝わってきた」と言われたことがありますが、リラックスしたツアーだったからこそ、そう言ってもらえる演奏ができたのだと思います。

ツアー中は、何軒かのお宅にホームステイをさせていただきましたが、大邸宅、市街地のマンション、デザインのしゃれた家、歴史的建物、農家など、様々なお家があり、ホストファミリーの人たちもそれぞれ違ったもてなし方をしてくださるので、「今日のお家はどんなところかな……」と、毎回楽しみでした。

また、ホストファミリーの家族構成もいろいろで、にぎやかな大家族、老夫婦、1人暮らしの人、新婚さんなどです。

毎朝、各ホームステイ先からメンバーが集合場所に集まると、「昨日、お父さんとお母さんがね……」といった調子で、自分たちの体験を披露し合います。

『あったか夫婦』

3年目のツアーでのこと。私は〝和っ鼓〟メンバーの高校生、民ちゃんと2人で農村地帯の老夫婦のお家に泊めてもらいました。迎えに来てくれたお父さんが運転する車の中で、私が何か話さなければと思い「マイ　ネーム　イズ……」というと、それを聞いて幾分青ざめたお父さんは、前方を凝視したまま、ゆっくりと首を左右に振りました。彼は英語が分からなかったのです。で、急遽、ドイツ語会話に切り替えたのですが、私のボキャブラリーでは、約30秒で可能なすべての会話が終了してしまい、あとは気マズ〜イ空気が車内を満たしていました。

家に到着し、お母さんが出迎えてくれました。彼女が英語を理解してくれることを祈るような気持ちで、私はまた、「マイ　ネーム　イズ…」と言ってみたのですが、通じません。

しかも、私はこのとき、2年目まで肌身離さず持っていたドイツ語会話の本を、日本に置いてきたことに気づきました。

そしてふと、横にいる民ちゃんに目がいったものの、

「さっき、この子、〝ダンケ（ありがとう、という意味）ってなに？〟とか言ってたよなぁ」

と思い出してあきらめました。

こういう場合、助けになるのは、子供、動物、そしてお土産です。あいにく、前者2つはいないようだったので、持ってきたお土産である、自分たちのCDとポストカードを取り出しました。これにはご夫婦も大変喜んでくださったので、CDで、明日やる演目を流して自己紹介代わりにしました。

そこから身振り手振りでのコミュニケーションが始まったのです。

しかし、悲劇はその晩起こりました。シャワーを浴びてきた民ちゃんが、全身をブルブル震わせながら部屋に飛び込んできて、

「ブルブル…。あー寒かったーっ。水やった。ブルブル……」

というではありませんか。その時期は、冬ではなかったものの、夜間はかなり冷え込んでいて、私はシャツ3枚の上にウインドブレーカーを着て寝たほどでした。彼女曰く、「根性でシャワーをあびた」そうですが、私には彼女ほどの根性がなかったので、シャワーをあきらめてしぶしぶ眠ることにしたのでした。

明朝、その日の公演会場にメンバーが集合し、「昨日、コンサートに連れていってもらった」とか、「ホストファミリーとサイクリングをした」とか、「みんなで飲んで騒いだ」などなど、嬉し楽しいホームステイ談義で盛り上がる中、私たちは「みんなは英語や日本語が通

じていいよなぁ。私たちはお湯の出し方さえ聞けない…」と、情けない気持ちになっていました。でも、移動日だった昨日と違って今日は公演日。滝のような汗を掻くのです。なんとしても今夜はシャワーを浴びたい。できればお湯で。

そのことを領事館の恵子さんに相談すると、「その家の人をシャワーの所まで連れていって、水を出しながら、〝ホット、ホット〟と言い続けたら？」と言われるのです。私たちは「でも、あの人たちには〝ホット〟とか通じないし…」と思いましたが、それ以外に方法はありません。その晩、「通じるまで言い続ける」と決め、2人で実行したところ何とか分かってもらい、その日は熱いシャワーを浴びてぐっすりと眠ることができました。

そんなステイ先でしたが、ご夫婦がとても温かく接してくださるので、決して居心地は悪くありませんでした。早朝から、家の周りの木の実で作ったムースのケーキや、ジャムなどを用意してくれたり、紅茶の種類や飲み方も、言葉が分からないからといって面倒くさがらず親切に教えてくださいました。

スケジュールなどの打ち合わせをしたいときは、必要最低限のドイツ語と日本語を書いた紙や時計を使い、身振り手振りでやりとりをして、何とか通じ合うことができました。

そして別れ際には、道中、お腹が減ってはいけないからと、ご夫婦でサンドウィッチを作って持たせてくださいました。

このご夫婦のことを思い出すと、今でも温かい気持ちになります。

話は変わりますが、〝江川太鼓〟とのツアーは、ハードスケジュールにもかかわらず不思議とのんびりした雰囲気でいられます。そのおかげで忙しい時でもお互いギスギスしないので、とってもいいことだと思うのですが、時々は、本当にのんびりしすぎちゃった…　ということもあります。

『出られるのは舞台だけ』

1年目のフランス公演での話ですが、本番前に皆で食事をとっていて、ふと時計を見ると、会場時間をとっくに過ぎ、開演15分前だったことがあります。みんな、大慌てで衣装に着替え、会場に飛び込んだのですが、そのときの現地スタッフの不安そうな顔は今でも忘れられません。

1曲目は、私を含むメンバーの数人が会場の後ろから演奏しつつ登場する、という演出になっていたので、冒頭の挨拶の間に、私たちは会場の後部に回り込むべく、舞台裏の通路から外へ出ようとしました。ところが、外へ通じるドアを開けようとした1人が、「あれ？　鍵が掛かってるんだけど……」と、ドアをガチャガチャやっているではありませんか。今、入ってきたばかりのドアに鍵が掛けられている。しかも外から。

皆の脳裏に、さっきの不安顔のスタッフがよぎりました。きっと、私たちを野放しにしておいてはコンサートの成功が危ぶまれる、と思われたのでしょう。あわてて他の出口を探しましたが、脱出できるところは一つもなく、唯一、会場へつながっているのは舞台だけだと分かりました。

そんな訳で、その日は舞台から登場しました。

『つるの恩返し?』

3年目のツアーでは、ドイツとオーストリアを移動する間、現地の女性の運転手さんがバスを運転していました。

ツアー中、運転手さんにも是非、公演を観てもらいたいと思っていたのですが、前半は観てくれていなかったようで、興味がないのなら仕方が無いけど、ちょっと残念……と私は思っていました。

そんなある日、夕食の席で、私は運転手さんと同じテーブルにつくことになったのですが、彼女にはドイツ語しか通じないし、そのテーブルにはドイツ語で盛り上がれるような人はいません。そこで時間つぶしに小さな紙切れで折り鶴を一つ作ってみたところ、彼女がかなりの興味を示すのです。

これはいいと皆、ツルを作りまくり、気がつけばテーブルの上は紙ナプキン、布のテーブルナプキン、メモの切れ端などから作られた、大小様々なツルだらけになっていました。最後は彼女も一緒に折って、大事そうに持ち帰っていきました。

最終公演でのことです。公演会場で見かけたことがなかった彼女が、準備中の会場で、私たちの販売するCDを並べてくれているのに気づきました。

しかも、ちょっとでもカッコよく見せようと、ああでもない、こうでもない…と、真剣にやってくれているのです。バスドライバーのはずの彼女が販売の方も手伝ってくれて、CDは公演の終了を待たずに完売しました。もちろん、その日の演奏は彼女も楽しんでくれました。

それがあの折り鶴のおかげだったのかどうかはっきりとは分かりませんが、あれ以来、彼女と私たちの間にあった氷の壁のようなものが溶けた感はありました。

『公演で感じたこと』

このツアーで楽しいことはたくさんありましたが、私にとっては何よりも楽しい時間は公演中でした。

その理由の一つは、普段とは全く違う環境に

鶴の恩がえし・制作中！
バスの女性ドライバーさんと

いながらも、舞台上の空間だけは自分たちの領域であり、いつもと同じ動きができるからだと思います。単純な理由ですが。実際、観光するよりも演奏をしている方が、エネルギーは使っているはずなのに疲労は感じませんでした。

そしてもう1つの理由は、舞台から一歩降りると、言葉が通じず意思疎通に非常に苦労していた人たちを相手に、ひとたび演奏すれば喜びや感動を分かち合える、というところにありました。ツアーでは、基本的に誰もが楽しんで演奏を観てくれます。ヨーロッパの人たちにとって和太鼓は珍しい楽器なので、興味深く観てもらえるのは当然といえば当然のことでしょう。でも、全身で和太鼓のリズムにのって、曲が盛り上がれば歓喜し、横笛のメロディーに涙を流している人たちを見たとき、「自分たちの演奏は確かに人の心に届いている」と気づかされました。

そしてそのとき、言語を超えてしまう音楽の偉大さを感じ、今まで自分がやってきたことが間違っていなかったと思えたのです。だから公演が大好きでした。そして、このツアーが大好きでした。

最後になりましたが、今まで、力強くあたたかくツアーを支えてくださった方々に、心から感謝します。

『ローカルこそグローバル』

江川太鼓代表　樋口　忠三

それは三年前の真夜中のこと。いきなりチンドン太鼓と横笛でパーティ会場へ乗り込んだ。それも神楽バヤシで……。一瞬、時間が止まり、周りの空気が冷たく凍ったように感じた。それまで、ハッピーバースディの音楽が流れ、楽しくダンスがおこなわれていた会場から笑顔が消えていた。見たこともない楽器と笛太鼓の音色に合わせて、へんな日本人が二人ほど乱入してきたからである。

私たちがドナウエッシンゲンの駅に到着したのは午後十一時過ぎのことであった。長旅の疲れはあったがなんとか目的地へ着いたということでひと安心した。メンバー全員がホームスティの滞在である。二名ずつに別れ、各ホームスティ先、それぞれの紹介があった。私と相方の森脇さんが泊まる家の奥さんは日本人、内心少しホッとした。「今夜は地区のパーティをやっています。明日は、旦那の誕生日なので、午前0時からは誕生パーティに切り替えます。あなた方のことは皆に言っていますので、ぜひ参加してください」と奥さんから申し出があった。疲れてはいたが、せっかくの申し出でもあり、二人とも喜んで参加することにした。

車で到着したときは、パーティの真っ最中。バンド演奏に合わせていろいろな人たちが ダンスを楽しんでいた。その様子を見ていた私は、急に、あるいたずら心が芽生えた。相方の森脇さんに問いかけた。彼は、川本町役場の文化振興課長である。

「せっかくだから、チンドン屋をやらないか」

彼は即座に

「いいよ」

そこが彼のよいところで、二人とも結果を恐れない。急いで演奏の準備にかかった。私は、スーツケースからチンドン屋の太鼓を取り出し、彼は笛の用意をした。

二人に打ち合わせはいらない。お互い気心は知れているので、すぐ即興演奏ができるよう会場の外で待っていた。やがてバンド演奏が終ると、その奥さんが「どうぞ」。ドイツ人の旦那はニコニコして見ていた。

そこで二人は、ピーヒャラドンドン、神楽バヤシ風の演奏をしながら会場に入った。ところがである。私たちが入った瞬間、会場の空気が一変した。「ヒヤッとした」雰囲気になり時間が止まった。会場の人たちの目が、文字どおり目が「点」になった。少しの時間の経過も長く感じた。「ヤバイかな」とも思ったものである。これは二人とも同じ気持だった。でも、そのうち……。会場がざわついてきた。人々の目に輝きが戻ってきた。すると……笑顔でいっぱいになり、「ああよかった」と安心した。

演奏が終ると、アンコールを求める拍手が鳴り響いた。「ワン、ツウ、スリー……」と手拍子を求め、そのリズムに合わせて演奏を再開した。今度はとても幸せな気分になった。バンドのメンバーも、嬉しそうな顔で手を叩いているではないか。

この体験は、私の人生のなかでも特筆すべき思い出となった。自分たちの街の自分のリズム、メロディーを演奏すれば、必ず感動してもらえるということを確信した体験となっている。まさに地方に伝わっている文化こそ、世界中の人々に共感してもらえると感じたものである。「地方から世界へ」「ローカルからグローバル」へをこれからも実践したいと思った。

このことは、インターラーケンでの馬のダンスにも現れている。公演のPRを兼ね、神楽リズムを演奏して町中を遊びながら歩いていたとき、通りかかった馬車の御者が突然あわてだした。馬がダンスを始めたのである。もちろん、本当のダンスではない。笛と太鼓の音に興奮して踊りだしたようになった。びっくりした御者は私たちを非難するような顔をして馬車を走らせ、逃げてしまった。

神楽リズムはいろいろな場所でエピソードを残している。シュトゥトガルトの音楽大学でのワークショップで、学生たちが延々と即興演奏を繰り広げたのも同じような神楽リズムであり、阿波踊りのリズムのようであった。

私たちは、もっともっと「ふるさと」のリズムに誇りをもち、研究する必要を感じている。昔と今と生活のテンポは違っている。たしかにスピードは速くなった。ならば、昔から伝わっているリズムを、ちょっと速く変化させて演奏するだけで新鮮な感動を与えはしないだろうか。

自分たちのふるさとを大切にして、世界にチャレンジしたいものである。

江川太鼓・和っ鼓の皆様へ

皆様、お元気ですか。私の方は、相変わらず忙しく過ごしております。

皆に、はじめて会ったのは、フランクフルトの空港でしたね。その時、皆と私の間にあった感情は、共通しているものがあったと思うのです。それは、不安と期待の混ざった感情でありましたね。見知らぬ人を信頼し、ドイツまで行く。見知らぬ人を信頼し、日本太鼓のコンサートツアーを実行する。今、考えてみれば、お互いに大胆な行動でしたよね。

正直言って、フランクフルトで初めて皆に会った時、太鼓師のイメージとは、皆があまりにも違ったので内心とても驚きました。私の中の太鼓師のイメージとは、息のいい、それでもってちょっと気難しそうなお兄さん達かと思っていたら、こんな人達が日本にまだ生き残っていたのかと思くらい、皆は、素朴で純粋な人たちでした。最近の日本人の傾向には、大きな疑問を持ち、これからの日本は大変だと感じていたところだったので、皆に出会ったことは、私にとって安心感とともに感動でありました。

3年間の内に参加者は若干変わっていきましたが、やはり、一番最初に出会ったメンバーや、2回3回と来てくれたメンバーの印象が強くあります。ここでは、全員の名前を出すことはできないけれど、何名かの印象を挙げれば、山姥髪に、黄色のサングラスをかけて、犬のようにすぐにじゃれついてきたタカちゃん。私のお気に入りになった22歳の耕ちゃんなどは、まだ、少年という雰囲気をもっていたし。恥ずかしがりやだけど、太鼓を叩くと一挙に頼りがいがでる剛君。

怪しい東洋人に間違えられた細川さん、すらりと背が高く太鼓を叩くと迫力の出る遠藤さん。小太鼓も大太鼓もおまかせの市川さん。チンドン屋をやらせたらこの人にかなう人はいない元気な樋口さん。おとなしいけれど、国際交流に積極的な朝比奈さん。無口だけれど、いたずら好きな森脇さん。女性軍では、タカの姉でかわいい久美ちゃん。京都からは、和っ鼓の美女三人組の小泉さん、平さん、上戸さん。最年少で参加した美留町さんなどなどメンバーに女性が多い事にも驚きました。彼らの中で唯一、太鼓師風に見えたのが岩野さんだったかもしれません。スポーツ刈で、はきはきとし、威勢がよく、曲がったことが嫌いというような、私が勝手にイメージした太鼓師の姿に一番近い人かもしれません（でも気難しいという事は、全くありません）。

インターネットの可能性がなければ、皆と出会うことなどなかったし、この現代技術のお陰で、岩野さんと格安料金で簡単にメール交信をし、3年間連続で太鼓コンサートツアーを実行できたのです。そして、この現代技術のお陰で、なにより、岩野さんを友人として得られたことは、一番感謝すべきことでしょう。

皆には、3年の間、常に貯金をしてもらって（あるいは借金までしてもらって）自費で来てもらった上、休みを取るのが難しい日本で何とか休暇を調整し、私が知らないところで皆、それぞれに苦労したはずです。参加してくださった全員に心よりお礼を申し上げます。いろいろな苦労を乗り越えて、3年間もドイツに来てくれて本当にありがとう。

皆のコンサートをはじめて目の前にした時から最後のコンサートまで、皆が叩く太鼓の音にひとつひとつに鳥肌が立つ程感動していました。私は、自分の中に新しい感覚が芽生えていくのを感じていました。太鼓の音を聞くと血が騒ぐというのでしょうか。人間の原点が体の奥から湧き出るような気になります。それは、人種を超えたところにあって、一緒にアシストとして回ってくれたドイツ人達も同様に感じていたようです。

今でも多くのドイツ人達から、「江川太鼓・和っ鼓は、またいつ来てくれるのか」とよく尋ねられます。皆の演奏を聴いて、私の人生のうちで一つ確信したことがあります。それは、アマだからこそ、プロを超えることができるという事です。けしてプロをけなす訳でありませんが、毎日商売でやっていれば、商売の演奏になるわけですし、それは仕方のない事だと思うのです。江川太鼓・和っ鼓の良さは、心から太鼓を楽しんで叩いていることや日本文化を知らせたい、日本太鼓をヨーロッパ人に知らせたいと思う気持ちが一人一人の演奏ににじみでている事です。そこに多くのヨーロッパ人達が感動したのです。皆の演奏は、プロに負けないものがあると確信しています。それは、多くの日本人が忘れ去ってしまった「心」が皆の演奏には見えるからです。その事を一度申し上げておかなければとずっと思っていました。

皆が日本へ帰った後のこちらでは、太鼓に魅了されてしまった私と、コンサートのアシストをつとめてくれたカローラさんとで「天馬太鼓」というグループをシュトットガルトの街で結成しました。現在の所、日本人3名とドイツ人7名からの10名でがんばっています。

日本太鼓を通して私は今、再び文化の違いと向き合っています。日本太鼓をドイツ人と一緒に練習していると、基本的なところで何か違うと思う事がしばしばあるのですね。もちろん、私は、今まで日本太鼓に触れたことはなかったので、小さなときから耳に入ってきた日本独特のリズム感やら、間、掛声などで、確かなものではないわけです。だから、なんとなく違うような気がするという感じだけなんです。たとえば、力が入る時に出す掛け声で「よおっ—」て言う言葉がありますね、これを英文字にすると「Ｙｏｏ」になって、しかし、それを発音し直すとただの「よ—」になってしまい、「よおっ—」ではなくなるのです。だから、それに気がついたドイツ人が、息を最後に止めるという意味で「Ｐ」を最後に付け、「ＹｏｏＰ」などと楽譜に書くわけです。そうした結果、これを他のドイツ人が「ヨープ」と理解し、掛け声を入れる時に大きな声で皆が、「ヨープ」と叫ぶものだから、日本人組は、それを聞いてそんな掛声日本にあったかな—？　などと戸惑い、掛け声を一緒に発声することができないのですよ。ドイツ人のメンバーから日本人も恥ずかしがらずに掛け声を出すようにと言われるのですが、太鼓がここぞと決まるところで「ヨープ」は絶対言えない訳ですね。それで、なぜ、言えないのかと問いただされ、一言の掛け声の事から大きなディスカッションまでに発展したりしました。彼らになぜヨープと言う掛声が可笑しいのかを説明するのは実に難しく、意外なところで苦労がある事に気が付きました。

しかし、それは、お互いの寛大さでカバーしあい、一緒に日本太鼓を楽しんでいますし、はっきりいって、ドイツ人に技量も気合もすでに負けています。その上、器用なドイツ人達はワインの樽を利用し、自分達で太鼓を作ってしまうのですから、驚きです。「太鼓を作る」と彼らが言った時に、日本人組は、「太鼓を叩くことさえままならない私達が、太鼓を作るなんて、とんでもない事」と言っている先から、彼らは、そんな事はお構いなく「日本太鼓は高くて買えないから自分達で作る」と立派な太鼓を早々と作り上げてしまたりして、そのすばらしい出来上がりに自分達の考え方が実に日本的であったことを思い知らされたりして、いろいろな意味でお互いにカルチャーショックを受けながら、江川太鼓・和っ鼓が置いていった卵を今、皆で手探り状態で温めています。卵がかえるまでには（コンサートができるまでには）まだまだの道のりですが、岩野さんをはじめ、何名かの協力を得て、現在までに何度かワークショップを実行することができました。少しずつメンバーが増えて、いつの日か皆と合同コンサートができることを夢に頑張っていますので楽しみに待っていてください。それでは、その日まで皆様ごきげんよおっー！

『旅のおわりに』

私が初めて恵子さんのご自宅にホームスティさせて頂いた時、一枚の色紙に目が止まりました。恵子さんのお祖父さんが孫の恵子さんにあてたものです。

人生航路の夢路には
国境越えて地の果　異国まで
何故か哀愁に誰か故郷を思わざる
感無量で涙喜の対面
達者で健康で幸せであれと祈る
これも人生　これが運命
努力は楽園の国に

爺　清昇

私は最後の一行が私にあてられたものの様な気がしました。努力すること、そのこと自体が楽園であると……、努力なしに楽園はあらわれないと理解しました。
この三年にわたる草の根国際交流ドイツ公演を実現するにあたり、何かでつまづきそうになったり、壁にぶち当たった時、この一行が私を助けてくれたような気がします。

私にとってこの三年間は素敵な経験でした。人生観すら変化した様な気がします。そのことが読者の方に多少なりとも分かって頂けたら幸いです。

最後になりましたがドイツ公演を実現するにあたって、ご理解、ご支援頂いた〝独日協会〟の方々、〝江川太鼓〟のメンバー〝和っ鼓〟のメンバーの方々、地元の皆様にそして留守宅を守ってくれた家族へ、心から感謝申し上げます。

また、この本の出版にあたっては、明窓出版の増本社長、恵子さん、最後まで旅につき合って頂いた読者の皆様にも繰り返しありがとうを言わせて頂き、旅の終わりといたします。

努力は楽園の国に

この本を

私の父　岩野　徳義にささげます。

共　著　Keiko Allgaier

――付録――

ドイツ（外国）で自分の企画を現実なものにしたいと思われるあなたへ

私たちは、なぜ国際交流をするのでしょうか？　なぜ、世界の人達に日本を、日本人を、日本文化を、日本社会を知って欲しいと思うのでしょうか。また、国際交流は、どうして、世界の人々にとって、私たち日本人にとって必要な事であり、避けられない事なのでしょうか。この原点となる質問事項に皆さんはすぐに答えられるでしょうか？

おそらく、このグローバルな社会になりつつある現在、あまりにも国際交流が当たり前になって、その目的を改めて考える事は、あまりないと思います。しかし、グローバル化は、情報通信技術（IT）を通しての国境を越えた驚異的なスピードで情報、知識が、移動・加速化しているのみであり、本来の〝接触〟するという意味では、グローバル化が進んでも方法は、変わりようがないと思うのです。

〝直接、外国人と出会う〟この体験の国際交流の部分が、いわゆる地道な国際交流です。ITを通してのヴィジョンの中だけでいろいろな形で交流が進んでいても、相手の存在を確認しながら話す事こそ、人間の尊厳を見直せるチャンスだと思うのです。国際的な協調の行動の重要性がますます高まり、グローバルな対応を必要とする際も、〝会って対話する〟ということは、我々が人間でいる以上どのような技術が生まれようと、これ以上の良い方法はありえません。

多くの日本人は、情報、知識面だけであれば、世界・ドイツの事情をよく知っていますし、また、多くの日本人が、世界中を旅行しています。それでは、世界中のどれだけの人達が、どれだけ日本に関して知識があり、日本を訪れてくれるでしょうか？　ドイツに住む私の周りのドイツ人達をみても、日本について知識があるドイツ人が本当に少ないと実感します。

その上、数少ない親日家であるドイツ人達の全員が、本当の今の日本を理解しているかといえば、それも疑問です。世界における日本社会・人・文化についての理解は、未だ不十分と言わざるを得ません。

日本は、先進民主主義国の主要なメンバーとして国際社会を建設する為の国際協調において、リーダーシップを発揮し、その責任をを持つ立場の国になっているのにもかかわらず、だからといって、世界の多くの人々が、アメリカにあこがれ、連帯するように、日本に対して関心やら興味を示してくれるわけではありません。日本の国は、日本文化をより積極的に海外に知らせ、世界の人々に日本を十分に理解してもらうことが大切なのです。しかし、なぜ、日本と言う国は、世界の主導的な立場を持ちながら、世界の人々からあこがれられない国なのでしょうか。それには、いろいろな要因があると思いますが、一つ言える事は、日本という国は、実にマーケッティングの下手な国で、お金を出しているにもかかわらず、世界の人々から正確に日本を理解してもらえていないというのが現状です。具体的な結果論に飛べば、それを補うのが、地道な日本人一人一人から生まれる草の根的な国際交流活動だと私は思うのです。国際交流を通し、日本の国の文化を世界の人々にもっと理解をもってもらうと同時に、われわれ日本人が、未来への決断にあやまちがないように自分達の感覚を世界の人々と確認し合うべきだと思うのです。どこかで読んだセリフですが、『日本の常識は、世界の非常識』などということがないように、世界の人々と直接に出会うことによって、お互いを確認し、見直す大事な機会だと思うのです。現在起きている文明文化宗教の戦いも、一方的な思い上がりから問題が生じているわけです。世界で問題になっている人達はというと、自分達の言い分を野蛮人的な方法で知らせる事に専念している人ばかりで、自分達の感覚が世界の中でどんなものであるかを確認する態度がありません。彼らの内に国際交流を通して相手を知ろうという見直しの態度があれば、世の中の問題も少なくなるというものです。

日本での〝国際交流〟の言葉には、まだ、美しい響きがあります。国際交流とは、生まれも、育ちも、環境も気候も教育も気質も宗教も違うもの同志が、一緒に平和に生きて行くに為の、実は、避けられない〝方法〟なのです。ドイツだけ見ても、いろいろな事情での移民があり、決して自分達の希望でドイツに来た人達ばかりではありません。そこで、彼らができるだけ、うまく異国で生きていけるようにという必要に迫られて、国際交流祭りなどが大々的に催しされます。なぜなら、ドイツにとっても、外国人と一緒に住む、仕事をする、一緒に何かをする、ということは、そう簡単な事ではないからです。その中には、もちろん、我々日本人も対象に入っています。

国際交流で最も大切な事は、語学です。語学なしでは、意志の疎通に限界があり、誤解が生じ易いのです。その上、相手の気質を知らなければならない。気質を知る為には、文化を知らなければならない。文化を知る為には、歴史を知らなければならない。と国際交流への道のりは、実に奥深いものとなります。しかし、地道な国際交流への努力があってこそ、グローバル社会を支えていけるものであるし、この努力なしでは、この世から人種・宗教闘争は、いつまでたっても消えないと思うのです。

話はそれますが、私の上司であるシュミット日本名誉総領事は、本業は銀行家でありますが、彼の口癖が、「文化は、経済と同じくらいに大事である。文化があってこそ、我々人間の生活がはじめて潤うのであるから。」と言います。経済第一人者である人から、「文化は大切だ。」との言葉を聞いた時に、私は、頭に稲妻が落ちたかのようでした。上司の一言でヨーロッパになぜこれほどの文化遺産があるのかにはじめて納得がいきました。日本人社会は、そのように教育されてきていません。日本の場合、経済が第一で、文化は、一体、何番目にくるのでしょうかといったところです。

文化にお金を使うなどと言う事は、日本人の目から見ると無駄金に見えるのです。だから、私は、それまでは、文化に大金をだすドイツの国の金策に納得がいきませんでした。私は、文化の大切さをヨーロッパから学ばさせてもらったのです。国際交流を通して、日本で学べない事を外国から学ばさせてもらったのです。これは、ごく一例ですが、皆さんもいろいろな多くの事を外国から発見し、学び、考えさせられる良い機会になると思います。それで得たものを信念や哲学として自分の内に育て上げていくのです。

文化を援助する銀行家・企業家は、日本では、実に少ない事を知っています。ドイツに比べると日本企業は、従業員に対しても投資をしていません。まして、文化教育などといえば、全く企業には、関係ない事としてとらえているようです。しかし、ドイツの大きな会社では、よく日本デーといわれるような文化の日を催しています。日本と取引するにあたって、日本の文化を従業員に伝えようというものです。また、多くのドイツ人が日本へ転勤になる前に前もってある程度の期間、教育をうけますが、日本から来た企業社員は、一体、どのくらいドイツについて教育されてくるのでしょうか。ドイツに居ても頭を日本に向けて寝ているのではないかと思わせるくらいですから……。地元に溶け込む事などは、現実からは、遠い理想のようです。皆が皆ではありませんが、彼らは、外国に住むというチャンスに恵まれながら、なぜ、その国の文化に興味を示さないのかが実に不思議です。その上、仕事においても日本のやり方が一番正しいと思い込んで、それをローカルスタッフに強請するのですから、日系企業に長期務められるローカルスタッフは少ないのも当たり前です。ドイツには、ドイツのやり方があって、十分に日本に負けないくらいの経済力もあるのですから、ドイツ人の見方、方法についても、もう少し尊重なり敬意をしめしたらどうだろうかと思ってしまいます。もっと、日本の会社は、社員に投資をして、さらに海外に駐在する社員には、しっかりと国際文化教育をさせ、相手を尊重するというような態度を学ばさせるべきでしょう。

話を戻します。国際交流から、我々は、一体、どこにたどり着いたらいいのでしょうか？　私が思うに互いが、国際人から地球人に変ることこそ、本当の目的が果たされると思うのです。私にとっての〝地球人〟とは、それぞれに外見や、国、人種気質、宗教、文化の隔たりがなく、それらの違いがあったとしても、それらの違いは問題とならず、相手を尊重し、対話ができるような間柄になる事です。国際交流をする間には、まだまだ、国と国、宗教と宗教、文化と文化、人種間での隔たりがあるからであって、国際交流などというものが歴史上あった出来事なのだなどと思える日が来る日こそ、本来の国際交流の目的を果たせたグローバルな世界なのです。この地球に生きる人々が平和と繁栄のみならず、幸福感を得られる為には、国際社会が互いに努力、協力して一歩一歩近づいていく以外に道は切り開かれません。

執筆している今、世界では、テロ事件から宗教上の問題が大きな政治問題に発展しています。これ以上に事態が悪くならない事を祈りながら書いていますが、このニュースを聞いて、今まで幻想を見ていたのかに気がつきました。平和になったヨーロッパでは、宗教戦争などは、すでに歴史上だけの事かと思っていたら、テロを誤解すれば、宗教戦争にも及びかねません。私たちの世界は、未だに歴史と同じ線上にあり、国際交流の動きもまだまだ初段階にある事を思い知らされました。グローバル化が一層の繁栄をもたらした一方、社会秩序の不安定を招く危険性がある事を知り、それを補う事は国際交流への努力以外にない事を確信しました。

以上は、私の個人的な国際交流へ総合的な考えですが、みなさんもそれぞれに国際交流に取り組む際に、根本的な事をもう一度見直すべきであると思います。何の為に国際交流をするのか、何を目指すのか、何をやるべきで、我々、日本人とは、一体なんであるのか？　外国・人は一体何であるのか？　地球・人は一体なんであるのか？　などなど。

国際交流企画をドイツで（外国で）実行するにあたって大切な事

【納得する】

・国の文化、人種・宗教の気質の違いがありえる事を納得する（この実に簡単な基本的な事が最も難しい）。

【誤解回避】

・日本での常識が、必ずしも他国での常識と一致するとは限らない。だから、自分の常識に反する事態があったとしても、すぐに相手に腹を立てるのではなく、そこに誤解がないかどうかを相手側や長くその国に滞在する邦人の人の何人かにに尋ねてみたり、相談してみる。意外と大きな気質の違いが横たわっていたりするものだ。繰り返すが、「日本人の常識が、地元の人にはナンセンスでありえる事もあること」を肝に念じるべし。

【宗教】

・また、宗教の違いの納得も重要である。一般的に日本人は、宗教にうとい、うといのは許せるとしても、相手の宗教について敬意を表しない。自分が分からぬ宗教ゆえ、特に気をつかわなければいけないことなのだ。日本人観光客がヨーロッパの美しい教会に入ってくるとディズニーランドと間違えているのかと思うほどはしゃぎ、写真をとりまくる。教会は、ヨーロッパ人にとって神聖なる場所なのだ。場所が、寺やお宮でなくなるとディズニーランドの感覚になってしまうのは、どういうことだろうか。相手が神聖とするところには、どこへ行っても敬意を示すべし。

【計画の心構え】

・日本人に〝柔軟性〟がある事は、長所でもあるのだが、これを、往々にして相手にも簡単に要求する事がある。簡単に大きくスケジュールを変えたがったりするが、少なくとも外国と伴に企画をし、実行する場合には、よっぽどの緊急事態でない限り〝変更〟は、嫌がられる事を知るべし。

・草の根的国際交流は、ほとんどの協力者が〝ボランティア〟として協力している事を忘れず、お互いに必要以上に気をくばらなければならない。〝やってもらって当たり前という態度〟は、言葉が分からなくても相手に通じてしまうものだ。〝……してくれない〟なんて思うのは日本人の悪いところで、ドイツ人は、言われなければ気づかない。〝外国人だってこんな事ぐらい常識でわかるだろう〟と思いがちであるが、日本人が、一方的に頭にきても、相手は、全然気が付かないものだ。だから、悪い事もいい事も思った事は、はっきり伝えるべし。

・日本を代表して外国へでるくらいの気持ちで取り組むべし。皆さんを通して日本と初めて出会う人、観客もいるのであるから、日本人ひとりひとりの第一印象で日本全体のイメージが決まる事を忘れてはならない。自分が代表者として、外国の皆さんに日本の文化を伝えたいという気持ちが一番の基本であり、大事な事と思う。

・日本人は、よくお世辞を言うが、ドイツでは、お世辞は嫌がられる。お世辞ではなく、恥ずかしがらずに心からいいと思う事を相手に伝えるべし。これ、日本人間でも学ぶべし。

【語学】

・挨拶ぐらいは、少しでも相手国の国の言葉を学んでくる。少しは英語が出来ること。

【計画は】

・国によって違いはあるが、ドイツでは、多くの企画が少なくとも2年から3年前より計画されるので、半年、1年前ぐらいに話しをもってこられることは、すでにあまり嬉しいお話とは言えない。計画は、できるだけ早くから決めるべし。日本人から、そんな先の事まで決められないとよく聞くが、計画をすれば、それなりに予定するのであるし、真面目に準備と心がけさえすれば、実行に移される確率は結構高いものである。ずっと先の事と思っていた行事が、もう明日の事となり、〝光陰矢のごとし〟のことわざを実感するのは、私だけではないはず。

・日本とドイツの場合、計画を立てるにあたっての時差は、大きな問題である、とつくづく思う。

【受入先】

・受入先捜しをはじめるのは、2・3年前よりで具体的な準備行動に移すのは、1年から2年ほど前から。会場等は、出来るだけ早く押さえておく。選択できるような会場がいくつかあれば、キャンセル料がかかる前までパラレルに予約をしておく。

・インターネットで受け入れ側を捜す。インターネットだと、かなり具体的な連絡先まで入手できるので、機関に直接メールして、興味があるものか、もしくは、何方かを紹介してもらえないものかを聞く。(もちろん、日本語ではなく、現地語か少なくとも英語でメールを書く) しかしながら、インターネット上、いい加減なものも多いと思うので、すぐには飛びつかずにきちんと審査、確認をする事。
・個人よりは、団体の方が交渉しやすい。
・同業界内で、外国関係と連絡をとっていそうなところがないかどうかをチェックする。例えば、協会・大学・などで連絡を取っているところがないかどうか。
・企画内容によっては、外国の博物館・ギャラリー・などにも連絡をとってみる。日本にある外国関係の機関に問い合せしてみる。
・自分の行きたい国の大使館に 大抵、文化部というものがる。そこにその国の情報なりを得る為に、文書なりで相談してみてみるべし。
・迷惑をかけるのであまり進めたくない方法だが、効果的なのは、自分が行きたい国に住むところに友人や知人などを知っていれば、現地の様子がどのようであるかを感触として教えてもらうとか、企画にのってくれそうな誰かを紹介してもらう。
・海外にある国際交流基金事務所の多くには、会場が設備されている。そこでは、多くの日本文化紹介等やらが行われている。日本の国際交流基金事務所に彼らの海外派遣先で公演・展示等できないものかなどを相談してみてはどうだろう。もちろん、条件としては、マイスターレベルでなければならないのは当たり前。ただし、入場料は無料にしなければならないそうなので、金銭面で収入はもらえないと思っていた方がいい。もっとも、全招待でこられる芸術家もいるようだから、芸に自信があるかたは、相談なりをする事をお勧めする。国際交流基金の文化援助プログラム等の締め切りは、12月の末あたり。

・自分が住んでいる都市に海外姉妹都市がないかどうかをチェックする。草の根 交流であれば、この線あたりが強い味方となる。姉妹都市を通して文化企画を提案してもらう。または、姉妹都市国際交流の際に便乗する。市役所に国際交流課等があれば相談してみる。

【現実はどうか】

・外国へ行った事がなく、それでもって、初めて何かを外国でする企画に加わった場合、自分の中での構想、想像、空想が走りすぎ、現地での体験が大きく違う時がある。関係する人や機関や斡旋にはいる旅行会社さえも予定しないハプニングもありえるし、初めから誤解で進んでしまっている事もある。特に中に誰かが入っているときには、誤解やミス、失敗をなくすためにも、まえもって、できるだけコミュニケーションをとり、できれば口頭ではなく、書面にて確認しあう。それでないと、口頭での条件は全く違ったなどと、後で水掛け論になりえる。また、ご希望通りにアレンジできます、何でもオケーと答える旅行会社ほど、いい加減なところはない事も覚えておくべし。

・いろいろと確認を取るべきと述べたが、今までの経験だと、日本からの問い合わせは、あまりにも詳細の詳細に至る事が多く、それもちょくちょく来るので途中で答えるのが嫌になってしまう事も多くあった。何もかも聞くと言うよりは、ポイントをつかんだ質問をまとめてする。
・草の根的国際交流は、商業的利益を求める企画ではなく、両国の文化交流を深めるものでり、基本的にボランティアであるゆえ、ほとんどが自費である事を覚悟しよう。公演謝礼等をもらえる事はあまりあてにしないほうがよい。援助してもらえて、滞在費等ぐらいである事を知っていた方がよいかもしれない。草の根的国際交流は、金銭的に個人負担は、避けられないハードルである。

【予算を組む】
・事実上、海外よりの招待であっても自費である事がほとんどであり、個人的出費は逃れられない。予算的に難しいようであれば、スポンサーをつける努力をしてみる。また、国・県・市町村で企画に援助してもらえるようなプログラムがないかを相談してみる。国の機関では、国際交流基金があげられるが、他にも県レベルで色々とありえるかもしれない。日本の民間企業は独自のスポンサーシップ等のプログラムをあまりもっていないので、期待しない方がいい。いづれにせよ。スポンサー捜しは、〝だめでもともと、当たって砕けろ〟精神でいこう。ただし、ただ、声をかけるというのではなく、企画書なりをしっかりと作成し、自分達の目的なりを記し、(別紙参考)どのくらいの予算があって、何の為にどれだけのお金が足りないかをはっきりと具体的な数字に出す。ただ、「お金下さい」というのでは、検討する方としても判断が難しい。

【企画書を作成】

日本語版と英語版にて作成する。

(1) 企画書作成日付
(2) グループ名・代表者名・企画者名・連絡係名
(3) 企画名・目的、理由、要約、内容説明、目的を果たせた時の期待効果
(4) 日本よりの参加人数、性別、年齢層、職業別。メンバーがはっきり分かっているのであれば、各人の簡単なデーターリストを作成。個人的にも皆に知っておいてもらいたい情報等があればチェックしておく。写真付きであれば、なおよし
(5) 希望する実施、開催期間（選択があれば、もっとよい）
(6) 希望実施、開催場所（希望地域名等）・希望会場
(例：ホール、教会、大学、室内、屋内等など)
(7) 対象とする観客層がはっきりしてれば、理由も添えて記しておく。
(例：一般市民、学生等など)
(8) 希望する受け入れ先条件、最低、受入先に持って頂きたい条件・費用の詳細事項等
(例：ホテル代、もしくは、ホームステイ等のアレンジ、滞在費、人および道具の移動方法または費用等)
(9) 公演であればどのぐらいの舞台を必要とし、照明の希望、観客席数、控え室数など詳細に至るまで記する。

(10)公演可能数
(11)展示であれば、どのようなスペース・会場を最低限度必要とするかなど。
(12)出演料（よっぽど日本で知名度がないと難しい）もし、記入する場合には、交渉可能と書くとかなりイメージが変わる。
(13)企画実行にあたっての問題点または、予想される問題点等
(14)公演・展示にあたっての作品・道具等の説明・輸出、運送方法（大きさ、重さ、パッキングの仕方、注意事項）
(15)保険等の説明（自分達が持つのか、相手側に持ってもらいたいものなのか）
(16)展示にあたっての品物の大きさ等
(17)展示即売というのは、外国では難しい。少なくとも物を国に入れる時に税関を通し、それなりの輸入税を支払なければ、ならない。前もってチェックする事。
(18)ドイツでは、また、すべてのものを日本へ持ち帰る事を条件とすると無税となる。それなりの証明が日本から必要となる。
(19)企画実施にあたり、準備、実行の際に人の応援が必要な場合、いつ、何の為に、何人ぐらいの協力者を必要とするのか、それに対しての支払方法、ボランティアをつのるのか、日本側からアルバイト料なりを支払えるのかなど はっきりと書く。
(20)公演であれば、演奏曲数、曲名とその時間、全体にかかるコンサート時間
(21)個人、グループ等の設立（成り立ち）・経歴紹介・過去に行ったコンサート・展示地等は

忘れずに記入

(22) 以前に作成した古いものでも、ポスター・公演・展示パンフ、カタログ、写真、コメント、感謝状、新聞記事、本、ビデオ、カセット、CD、ホームページのアドレス等があれば付属としてつける。

●アドバイス●

企画書が完成したら、それとともにメンバーの写真(グループ写真等)もしくは、企画者の写真をつけると相手の顔が見えて、検討する側としては、近い存在になりえる。受け入れ側に気をつけてもらう事などもはっきりしていれば、記入するとよいかもしれない。

(23) 会場を設定する時の料金調整

例 公演の場合

(会場費がどのくらいかによって負担及び入場料も変わってくる)

(24) 会場収容数・音響・設備(照明・音響)

(25) 著作・作曲・作詞 管理局への申請(ドイツでは義務)などなど。

【ドイツのホームステイ】

残念ながら、ドイツ以外の国のホームスティ状況を述べる事はできないが、ドイツでホームステイ先を見つけるという事は、そう簡単な事ではないような気がする。日本と同じぐらいに難しい事であると思うのだが、日本のように宿泊場所の問題というよりは、ドイツ人は見知らぬ人に

みんなのアイドル　恵子さんのご主人ベンハートさん(右)と

対して人一倍、警戒心が強いのであまり他人を家に入れたがらない。しかし、だれそれの紹介とかで、間に立ったくれる人が信用あるような場合は、知らない人でも喜んで歓迎してくれるようだ。

それでもって、日本での〝客へのもてなし〟を、ドイツには、期待してきたら、ものすごくがっかりするかもしれないので、はっきりと〝期待して来ない事〟と言っておいた方がいいと思う。ドイツ人達は、自然体で客をもてなすのであって、まして、日本へ行って〝お客〟になった事のないドイツ人などは、日本人の接待となるものは、想像もつかないところにある。ドイツ人家庭は、もちろん、家庭によって違いはあるものの、彼らの日常生活の基本を崩さないところで客を迎え入れる。だから、いたれりつくせりの日本とはギャップがでやすい。ドイツ人の中には、一生懸命何事にも真面目に取り組む人達がいるので、なんだかんだと親切に面倒を見てくれる人もいる。この辺は、何人というよりは、人間性と言った方がいいだろう。一つ言える事は、ドイツでは、客と言えども特に滞在の場合などは、一応は、何か手伝いが出来る事がないかどうかなどを積極的にきく。長くこちらに住む日本人から、よく聞く愚痴は、日本からのお客さんが来ると、でーんと座ったきり動こうとせず、上げ膳下げ膳を殿様ごときにただ待っているそうだ。だから、日本からお客さんが来ると異常に疲れるとよく聞く。日本では、あまり他人の家の台所に立つと言う事はないだろうが、ドイツでは、簡単なお手伝いは、あたりまえである。

信じられないような話だが、結構聞く話で、せっかく、ドイツにきたのに、翌朝から家主は、仕事ででかけてしまい、朝食は、勝手に冷蔵庫やテーブルにおいてあるものを食べてくれと言われるのも情けないが、自分の家ごとく気を使わずに使ってくれて結構と最初からいわれる事は、逆に考えれば、箸の上げ下げまでをじっと観察されているよりはましかもしれない。

あくまでも現地の人達にとっては、そこに現実の世界がある事をホームステイする人達も自覚しておいた方がよいし、ドイツの家庭の自然体の姿をみるこそこそ、いい勉強になるのだと思ってドイツの受け入れ方も、良いように解釈をしたい。

繰り返しになるが、海外でホームステイをすることがまるで夢の世界の事のように思ってきたりすると、あまりの〝接待のひどさ〟と勝手に理解し、憤慨する事は間違いない。肝に銘じておく事は、すべてを自然体としていいように受け止める事、そして、待っているのではなく、必要があることであれば、自分から話し掛けて、たずねる事が大事である。自分から問題提起をしなければ、それでいいものと相手に納得される。

――計　画　表――

	日　本　側	受　入　側
2〜3年前	受入先を捜す。必要に応じて希望する催しの詳細情報等を一緒に送る。	全体を審査し、日本からの企画が実行可能かを検討し、出来るだけ早く返答をする。もしくは、他に可能性がないかをみる。
2年前	受入先に会場捜し等してもらう。日程、予算、条件、金銭面の話し合いをだいたいまで煮詰める。	会場を捜す。使用料金等を交渉する。日程、予算、受け入れ条件等が日本側の希望に添えるものかを再検討する。
1年前〜半年前	航空券予約、宿泊先予約確認、具体的な個人負担額、道具等の輸送費、日程調整、移動方法	航空券予約にあたり、地元で買える航空券と日本で買う空港券とどちらが安いか等を検討する。宿泊先の確保が可能かどうか検討。
半年	宣伝につかう写真・インフォーメーションを受け入れ側に送る。 CD、カタログ、パンフ等の作成	宣伝準備・手配(ポスター・パンフ)。新聞社、その他に宣伝を載せてもらう。広告会社なども必要に応じて依頼する。人の移動方法などの見積もり請求。
3〜1ヶ月	エアーチケット購入。 作品、道具輸送	特別客に案内状発送。 チケット販売開始。テレビ・ラジオ局で宣伝または、新聞社に当日報道してもらえないかを交渉してみる。 食事レストラン等の予約。
実行前日	最終打ち合わせ。 作品、道具到着確認	コンサートチケット売り込み状況の管理、それによって、新聞社等にもう一度広告を載せてもらう。 最終打ち合わせ。詳細にいたるまでの受け入れチェック。

【問題が生じたら】

・短期間の中に お互いの気持ちや考えが、大きくなっていくような時に気がついてほしい事は、日本人の〝何も言わなくても 相手が自分達の気持ちを分かって当たり前〟という気持ちで、この考えは、一切外国では通じない。外国だからこそ、自分の意志をはっきりと述べなければ、相手に伝わらないのである。不満と思う事を感情を抜きにして（日本人にとっては難しい）、自然な言い方で相手に知らせる。もちろん、日本通の現地の人、通訳、に最初に自分の意見を述べ、現地の全体的な考え方から、はずれていないものかなど、彼らの意見を促してもらうのもいいかもしれない。問題解決が、難しい時には、どこまで、自分の考え方を相手に譲れるかを考える。ドイツ人の場合、相手に自分の非を認めると言う事をしない人が多く、どこかにいい訳を見つけそれを正当化しようと理論ずける事が多く見られる。よって、納得がいかない場合、日本人も簡単に〝すみません〟というような軽くその場しのぎで謝ったりは決してしない事。

【成功は】

・チャンスをつかめ！　企画の話が来た時にチャンスをつかむ。もちろん、話は冷静に聞いて、審査する事。自分がチャンスを捜すか、たまたまチャンスに恵まれるか。いづれにせよ。その時にこれだ！　とつかめる自分の目を養うべし。チャンスがころがってい来た時には、渋ってはいけない（私が最初に知り合った太鼓グループにとって、ものすごいチャンスだったのに また、後の機会になんて思ったから、そのチャンスなんて彼らには2度と戻って来なかった……）。

・企画している側も楽しく企画できる内容である事。間に立ってくれる人が、自信を持って紹介できるような内容・人物でなければ、のちのち、大変な思いをしてやっても、皆に感謝されない。皆にいい思い出になった。また、お願いしたい。といわれるような企画を作り上げれば、企画は、成功したというもの。

・国際交流の成功へのカギは、どこまで日本人とドイツ人の気質のバリアを超え、企画をどこまで上手く持っていくかにあり、真の国際交流は目標への（企画実行）共同作業中にすでに行われるような気がする。そして、人に恵まれ、天気に恵まれ、良い運に恵まれる事が大事。

著者略歴

岩野　賢

1961年　3月13日生まれ
1973年　少年江川太鼓に入会。
1980年　福山大学卒業とともに家業を継ぎ、地元の郷土芸能「江川太鼓」（ごうがわだいこ）のメンバーになる。
1987年　結婚し、一女、二男の父。
1998年　江川太鼓のドイツ公演をはじめて行い、好評をはくし、3年連続公演につなげる。
2001年　シュトゥガルトで和太鼓愛好者対象のワークショップを開催。

恵子・アルガイヤー

1963年　1月8日生まれ。水戸出身。
1987年　渡独。
1992年　シュトゥガルト名誉総領事館秘書の仕事を始める。
1998年　メールにより江川太鼓をドイツに招き、国際文化交流を成功させる。
1999年　結婚。夫、ベンハート・アルガイヤーは親日家。
2001年　名誉総領事館館長就任、現在にいたる。

これでもか
国際《こくさい》交流《こうりゅう》!!

岩野《いわの》　賢《まさる》

明窓出版

平成十四年五月五日初版発行
発行者 —— 増本　利博
発行所 —— 明窓出版株式会社
〒一六四—〇〇一二
東京都中野区本町六—二七—一三
電話　（〇三）三三八〇—八三〇三
FAX　（〇三）三三八〇—六四二四
振替　〇〇一六〇—一—一九二七六六
印刷所 —— モリモト印刷株式会社
落丁・乱丁はお取り替えいたします。
定価はカバーに表示してあります。

ISBN4-89634-095-7

ホームページ http://meisou.com　Eメール meisou@meisou.com